美中国
——

铿锵川藏行

宗清 ◎ 著

三环出版社
SANHUAN PUBLISHING HOUSE

图书在版编目（CIP）数据

铿锵川藏行 / 宗清著 . -- 海口：三环出版社（海南）有限公司，2024. 9. --（大美中国）. -- ISBN 978-7-80773-315-7

Ⅰ . I267

中国国家版本馆 CIP 数据核字第 20248Y6E33 号

大美中国　铿锵川藏行

DAMEI ZHONGGUO　KENGQIANG CHUAN-ZANG XING

著　　者	宗　清
责任编辑	卢德花
责任校对	张华华
装帧设计	吕宜昌
出版发行	三环出版社（海口市金盘开发区建设三横路 2 号）
	邮　编 570216　邮　箱 sanhuanbook@163.com
社　　长	王景霞　**总 编 辑** 张秋林
印刷装订	三河市同力彩印有限公司
书　　号	ISBN 978-7-80773-315-7
印　　张	13
字　　数	150 千字
版　　次	2024 年 9 月第 1 版
印　　次	2024 年 9 月第 1 次印刷
开　　本	690 mm × 960 mm　1/16
定　　价	68.00 元

铿锵川藏行 Contents 目录

概述及精确海拔里程图

　　沿 318 国道从成都至拉萨全程 2166 千米，共需翻越海拔 5000 米以上的高山 2 座，4000 米以上的高山 10 座，全程骑行要 20 天左右，因而，无论是对于自身体力还是意志都是一次不小的挑战。

　　川藏公路始于四川成都，经雅安、康定，在新都桥分为南北两线：北线经甘孜、德格，进入西藏昌都、邦达；南线经雅江、理塘、巴塘，进入西藏芒康，后在邦达与北线汇合，再经八宿、波密、林芝到拉萨。因南线路途短且海拔低，所以由川藏公路进藏多行南线。沿川藏公路进藏，进藏途中从东到西依次翻过折多山、海子山、色季拉山、米拉山等 12 座海拔在 4000 米以上的险峻高山。我们跨越大渡河、金沙江、澜沧江、怒江、帕隆藏布江等汹涌湍急的江河，路途艰辛且多危险，但一路景色壮丽，有雪山、原始森林、草原、冰川、峡谷和大江大河。

　　线路：川藏路南线（国道 318）：成都—雅安—泸定—康定—新都桥—雅江—理塘—巴塘—芒康—左贡—邦达—八宿—波密—林芝—拉萨。

　　第一天（5 月 16 日）成都天府广场—雅安市天全县 190 公里，经雅江、青衣江。

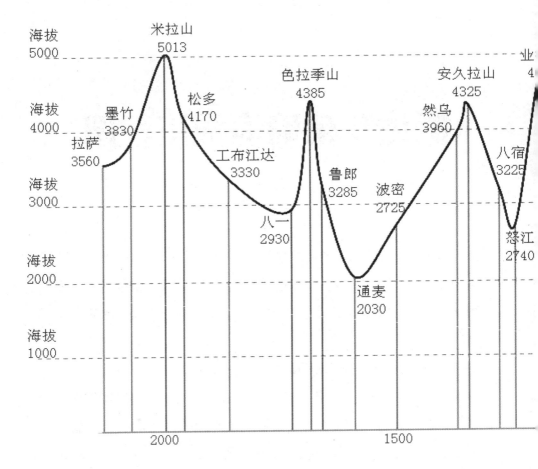

海拔
5000

海拔
4000

海拔
3000

海拔
2000

海拔
1000

米拉山
5013

墨竹
3830

松多
4170

拉萨
3560

工布江达
3330

色拉季山
4385

八一
2930

鲁郎
3285

波密
2725

通麦
2030

安久拉山
4325

然乌
3960

八宿
3225

业
4

怒江
2740

2000

1500

　　第二天（5月17日）雅安市天全县—甘孜州泸定县100公里，经二郎山隧道，海拔2170米。

　　第三天（5月18日）甘孜州泸定县—甘孜州康定县50千米，经大渡河。

　　第四天（5月19日）甘孜州康定县—康定县新都桥镇80公里，经折多山，海拔4298米。

　　第五天（5月20日）康定县新都桥镇—阿志玛青年旅社90千米，经高尔寺山，海拔4412米。

　　第六天（5月21日）阿志玛青年旅社—甘孜州理塘县122千米，经剪子弯山（海拔4659米）、卡子拉山（海拔4718米）、无

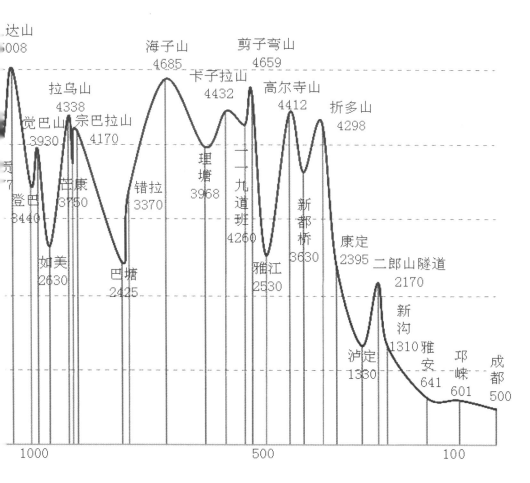

名山（海拔 4330 米）。

第七天（5 月 22 日）甘孜州理塘县（休整）。

第八天（5 月 23 日）甘孜州理塘县—甘孜州巴塘县 170 公里，经海子山，海拔 4685 米，经毛娅草原。

第九天（5 月 24 日）甘孜州巴塘县—昌都地区芒康县 103 千米，经宗巴拉山，海拔 4170 米，经金沙江。

第十天（5 月 25 日）昌都地区芒康县—芒康县登巴村 88 公里，经拉乌山（海拔 4338 米）、觉巴山（海拔 3930 米），经澜沧江。

第十一天（5 月 26 日）芒康县登巴村—昌都地区左贡县 72

千米，经东达山，海拔 5008 米。

第十二天（5 月 27 日）昌都地区左贡县—八宿县邦达镇 106 千米，经玉曲河。

第十三天（5 月 28 日）八宿县邦达镇—昌都地区八宿县 95 千米，经业拉山，海拔 4658 米，经怒江。

第十四天（5 月 29 日）昌都地区八宿县—八宿县然乌镇 90 千米，经安久拉山，海拔 4325 米，经然乌湖。

第十五天（5 月 30 日）八宿县然乌镇—林芝地区波密县 128 千米。

第十六天 （5 月 31 日）林芝地区波密县—林芝地区鲁朗镇 160 千米，经易贡国家地质公园、102 塌方区、排龙天险。

第十七天（6 月 1 日）林芝地区鲁朗镇—林芝地区八一镇 72 千米，经色季拉山，海拔 4385 米，经尼洋河。

第十八天（6 月 2 日）林芝地区八一镇—林芝地区工布江达县 130 千米，经冷曲河。

第十九天（6 月 3 日）林芝地区工布江达县—工布江达县松多镇 100 千米。

第二十天（6 月 4 日）工布江达县松多镇—拉萨市 181 千米，经米拉山，海拔 5013 米，经拉萨河。

2010 年 5 月 10 日

出　行

　　每一次充满期待的行动总是令人激动和忐忑，即便是一次远途旅行。对于是否以及能否骑着单车去拉萨的事，相信大多数的人都经历了从听故事的敬佩到投身一试的冲动，乃至最后真实地出现在那条坎坷的路上的类似的过程。而我们对于此行的讨论实际上已经经历了一年之久。一年来，我们无数次地想象着这条路

上天高云淡的意境以及可能经历的人和事。在网络高度发达的现代社会，浏览并熟悉藏区已非难事，那里辽阔的草场、云际的高原、澎湃的河谷、依稀的人烟、神秘的宗教、虔诚的心灵更让我们有了立即出发的冲动。这就如同恒久穿梭于水泥墙的我们对郊野阳光的向往。

尽管启程时和家人的告别呈现出一番别样的从容，但我从队友们略带颤抖的挥别的手势中深刻地体会到那一份兴奋和忐忑不安。这是一种梦圆时期待成功的心态，这是一种对前路的疑惑和对天路的向往交织在一起的冲突和期许。

愿意并决心骑着单车去西藏的人肯定都是有梦想而又愿意勇敢尝试的人。此行的每个人确实都有一个梦，那就是用自己的力量和意志走上每一座垭口，用我们

的目光去吸纳每一幅画面，用我们的心灵去体会高原的博大和般若的深邃，或许还有大地涅槃的宁静。这一切，我们都梦想过许多次。

传奇的川藏线总是带给人们无限的遐想。梦中的路是一条高高的山路，高得令人敬畏、令人神往。我们用重天来形容这次活动，其实只是想寄托我们攀越重天的一个愿望，而这种愿望需要的是敢于直面困难的热情和走遍天际的决心。有人用天路来描述，可见这个经历中必然有天的痕迹。

如歌的梦其实已经由许多的画面和游记描绘得几乎清晰。我期待到这些画里去，在这亿万年的沉默中不经意地成为顶峰、穿越云彩，成为天、成就三摩地，或许这就是般若和涅槃。

2010 年 5 月 16 日

启　程

　　人们心态上的距离绝不是一个物理的尺度，但却可以被某一特别的事件拉得很近。起码，共同的爱好和目标就能做到这一点。由于对单车运动的热爱和对高原天空和文化的向往，这个临时的群体似乎有着一种特殊的亲和力。而这种亲和力一直持续到了旅程的全部。

　　川藏线的起点对于单车爱好者而言似乎约定俗成地都放在了成都。这是个美丽的城市，5 月的"蓉城"尽管还没有到芙蓉盛开的季节，但春天的绿意已经把这座古老的城市打扮得活力盎

然。漫步古城，体验"九天开出一成都，万户千门入画图"的意境；游历故都，遍享"西部之心"古老的文化和传奇。尽管是初识这个城市，但多少历史、多少足迹、多少智慧汇就的太阳神鸟及她带给我们的震撼已然深刻难忘。

第一天旅途的起始点在成都市天府广场。广场中间是高大的毛主席塑像，老人家有力的手臂举得很高并坚定地指向前方。我时常回忆那个我们经历过的特别的年代，那个特殊年代的特殊记忆带给人许多反思，那时的理想并不高远但却坚定；那时的物质条件非常匮乏但人们心中的杂念不多；那时呼喊的嘹亮口号今天似乎依然在给予我们信心，那时铿锵的誓言似乎也预示着今天的成功。我们离开毛泽东时代已经越来越遥远，但天府广场让我想起了许多。

迎着成都的晨雾和麻辣的热情，我们出发了。出城的路拥堵而繁杂，路书指引着我们到了立交桥下的一个小面馆。一碗热腾腾的面条，夹杂着川腔的店家的问候使快速的早餐变得颇有韵味。双流、新津这些城市的蓝色路牌清晰地告诉我们前路的方向。今天的速度很快，不久就到了邛崃县城。中餐时，大伙的声音散发着菜

香议论着途中的感悟。来不及了解及议论邛崃的故事，下午则是朝着雅安的骑行。

旅途第一天的热情使踏频始终维持着高亢的节律。这不仅是启程的兴奋所燃烧出的热烈，更是途中原来还有着为数众多的骑行队伍在你追我赶中前行。这些同行者中不乏六七旬的老者，也有为数不少的女性行者。他们没有后援车辆和高端的山地车，单车的后座驮着沉重的行囊，他们没有鲜亮的骑行服，甚至没有口号、没有喧哗。在路上，大家都静静地走着，但这种沉默的前行却有一种强悍的驱动力。

渐渐地，乡村的风光在我们身边替代了城市的水泥墙，绿色的原野，路牌的标示也由成都变成了雅安。天渐渐高了，云彩也显得更远，山也悄悄地从大地里萌生出来并越来越高。在这一片辽阔的大自然中，我们的骑行队伍显得很渺小。是的，在川藏线上大家都是匆匆的过客，在这每天飘过的人影中，谁都想留下点什么，但是留下的只能是各自心中的回忆。

不自觉间，路途踏过了近150千米。雅安到了。

雅　安

下午的雅安依然沉浸在强烈的太阳斜照中，入城口马踏飞燕塑像在此时烈日激荡出的空气的颤动中隐约做着奔腾的准备。远望中的雅安城安逸而略显困顿，我联想着雅安这个名称和这座依山而建的城市的文化关联。

步入这座山城，只有短暂的时间去体会她的魅力。这座城市似乎即便再多的游人进入也不会改变她的安逸和儒雅，匆匆地经过雅州廊桥、雅安大桥、青衣江大桥等几座著名的桥，体会着"水在城中，城在山中，路在绿中，人在花中"的城市描绘，感

受着这一汉、藏、羌、彝多民族交汇的城市的独特文化的别致、
迥异和深沉古朴。我们在城中游弋的时间里并没有雨。但路旁的
青苔和潮湿的空气已经说明了"雨城"的风格。"青山叠翠、绿
水映波、古树垂荫、雅雨如诗、名城似画"恰如其分地给了这个
城市概括的定义。

　　回顾雅安的历史应该是件令人愉快的事，因为我们一旦把回
忆重现，那些关于青衣羌国的故事；2000年来这座古城的兴衰；
国宝熊猫和雅安的渊源；红军长征以及共和国历史中发生在这里
的传奇；中国茶文化中雅安的辉煌，尤其是茶马古道在此地的启
程，这一切无一不在诉说着这座城市的悠久和厚重。

　　读着雅安城无言的诉说，时间过得飞快。由于赶路的缘故，
我们计划宿营天全县。2小时后，我们匆匆告别古城。

青衣江和天全

　　出了雅安，青衣江很快就来到了我们的身边。这条江全长仅289千米，由天全河、荥经河汇合而成。一路走着，路边的山崖变得不断地陡峭起来，路面上渐渐地看到了很多裂缝，有些居然横跨了整个路面。我们并不清楚这是公路年久失修之故还是5·12那场大地震留下的痕迹，我们清楚的是终于进山了。路一直由不同的坡度组成，因而我们也就一直在艰难上坡和惬意下坡间前行。身边的汽车依然很多，而且大多是巨型的卡车，它的经过带着大地的微微颤抖喘息着掠过我们的身旁，我们则必须留意着不被它偶尔地蹭上一下。这些巨兽的存在和恬静宜人的山区田园景致反差太大，以至于我们大多数时间忽略了对自然的阅读，除了出城不久的茶马古道雕像群让我们流连

了一番。

渐渐地，身边的青衣江水变得湍急起来，流水也失去了那种悠闲的温柔而变得形迹匆匆，江水发出的声音也从潺潺的低语，继而变成咆哮、山高了。听着山水的声音，伴着汽车呼啸的车轮和刺耳的笛鸣，天色也渐渐地暗了下来。路过的飞仙桥镇和始阳镇倒是不小的集聚地。一路的大小不一的广告牌使小镇看起来带了不少的世俗的成分，这使我们不愿逗留。

天全是雅安市属下的一个县，位于四川盆地周山区西缘，二郎山东麓，青衣江穿县而过。县城距离成都180余千米，是个不大的小镇，称为城厢镇。一路走来，发现原来认为高原缺水的概念其实是个很大的误解，天全县境内水、矿、森林等自然资源非常丰富，或许在我们经过的大路旁边的不远处就可能有大熊猫、金丝猴、牛羚等动物在游弋。想象着我们正和野生大熊猫在尽管

看不见的距离中比邻前行，心中充满了好奇和新鲜感。

到达城厢镇时，还算整洁的小广场有十余个妇女整齐地跳着锅庄舞。傍晚的天空无预兆地突然下起了小雨，在雨中小镇的一隅开放着的简易房中的晚餐有着浓郁的川西风情，晚饭必然会想到品尝独特的雅鱼，等了 1 个小时，我们终于等到了价值不菲的雅鱼汤。鱼汤的鲜美令人记忆尤深，以至于第二天早晨大家还是不忘分享昨夜剩下的鱼汤。是夜，雨渐渐大了，雨声洒洒如一首旋律单一却不失淡雅的音乐。店家的女主人忙前忙后的身影映照在吊灯摇曳而略具动感的墙上，却又是一番淡雅而安详的情趣。我们突然意识到所谓的雅安三雅已经都到了我们身边。好一个雅女、雅鱼、雅雨。

整个晚上完全是在雨声的淅沥中安然度过，时间犹如折叠过一样，早晨很快就到来了。我们冒着著名的雅雨出发了。

2010 年 5 月 17 日

天全到泸定

　　从天全出来，已经是上午八点多了。如诗又如丝的雅雨细碎而缠绵，地上的泥泞也记录着雅安地区延续了千百年的潮湿和多雨。蒙蒙的雾柔软地在身边飘着，单车的悠然前行便多了许多的诗情画意。这也恰如其分地给雅安地区的早晨赋予了更为准确的定义。伴着山岩上溢出的泉盈盈地漫过公路的水泥地，朦胧中我们踏入了遥远的山里。渐渐地，我们发现所谓的山路，其实一边是悬崖陡立，另一边却是悬崖幽深，深深的悬崖下面是不断流淌了几千年的青衣江。除了偶尔被上坡的劳累打扰了情趣之外，我们基本都融入在这一幅大自然美丽的画卷中。

有人说，对美的认识基本在乎心。或许这就是大家对同样的景色或环境的体会不同的真正原因。旅程的第一天其实就激发出心里许多的问题，诸如，这青衣江的水和岸究竟谁为主客？澎湃为水应为主，却总是转瞬即逝，永不回头。犹如人生的这次川藏行，我们都自以为可以入主高山、征服高原，或许这座高山也确实到了你的脚下。然而，这只是我们对大自然的一种误读。对于近乎永恒的大自然来说，我们永远都是一个过客，对于今天或明天的山峰，她只是在迎接你，而你却不可能征服她。此时想来，多少文人墨客和豪情人士凭着万丈豪情要征服高山抑或大海，其实那是多么的可笑。于是乎，暗做结论，面对大自然，再不敢有征服之想。

反复地上坡和下坡 50 千米后，我们来到了二郎山麓的新沟村。这是一个海拔 1310 米的只有一条街的小小村落，但满街却几乎是清一色的小饭店。我们花了将近 1 个小时在这里享用了疲惫后简单的中餐，时间过得就和中餐的内容一样的平常。于是，大家就急迫地开始了下午的旅途。

下午的山路是川藏线上的第一次挑战，目标是穿越隧道翻越二郎山。二郎山誉满全国不仅是因为它是川藏线上的第一山，更是那首脍炙人口的歌曲使得几乎全国人民都对此山耳熟能详。二郎山东麓山势雄伟，峰峦叠嶂；古树野花，争奇斗艳；飞瀑流泉，山溪淙淙，穿峡入谷，千回万转；加上浓郁的雾气和雨雾中略显低矮的苍穹，秀色宜人，千姿百态。二郎山是两条著名河流青衣江、大渡河的分水岭，其独特的反差极大的东

西麓风光注定了它在川藏线上不可替代的地位；隧道未通前高山的屏障作用造就了二郎山汉藏文化交融的特殊优势。其原始风貌和独特藏汉文化的历史内涵更让人回味悠远。康巴文化、土司文化、边茶文化、藏汉佛教文化争奇斗艳，竞相诉说着那些韵味悠远的故事。

　　尽管对于以后的路来说，二郎山的攀登并不算困难。但是第一天的攀高还是使我们感觉到了艰巨的挑战。2个小时后，18千米的山坡将把我们带到海拔近2200米的二郎山隧道口，这意味着本次旅程中的一个标志性地标到了。二郎山隧道口藏式建筑风格的洞门设计给人一种进入藏区的明确感觉，洞门外一块巨石上镌刻着《歌唱二郎山》的曲谱与歌词，令人不自觉地低声吟唱着

这首脍炙人口的浑厚歌曲。这提醒着路过这里的每一个人追思当年修筑川藏公路官兵的艰辛与毅力，以及他们付出的鲜血和牺牲。

二郎山隧道起于天全县龙胆溪川藏线，止于泸定县别托山川藏公路，全长 8596 米，主洞长 4176 米，开工时曾是国内最长、埋藏最深、海拔最高、地应力最大、地质条件极为复杂的特长山岭公路隧道。1996 年 5 月二郎山隧道开工，1999 年 12 月 7 日试通车，2001 年 1 月 11 日隧道工程正式通车。这条隧道的存在至少让我们节约了半天的时间。

一番录像和拍照后，便是开着手电的隧道之旅。4200 米的距离，在路灯下依然走得极快。既因为是下坡，也因为大家都想早

　　一点看到梦中的高原。果然这种奇迹般的气候现象在走出隧道口的那一瞬间出现了：烈日、蓝天、高高的游离在远空的白云像是苍穹的白色油彩，植被也立即变得低矮。相对于隧道东面潮湿的浓郁的郁郁葱葱，西面居然就是大气的、豁达的、开朗的天高云淡。我们的表情显然因为震撼而兴奋，尽管没有欢呼，但我确实感觉到了发自内心的一声呐喊。

　　下山的路就如我们初临高原时的心境，轻轻的单车犹如一只在山间翱翔的鹰。海拔的快速下降给我们插上了无形的翅膀，让我们真切地体验到了雄鹰傲视平地的豪情。心和高原贴得很近，我似乎感觉到自己已经成了这片土地的一分子。遥远的蓝天、悠然的白云、无际的地平线和连绵起伏的高原，当这一切都融会在一起的时候，你还能置身这美景之外吗？

　　拐过了一个弯，一座雪山的顶端跃然眼前。白色的冰雕刻着插入云端的山脊，一副傲视天下的冷傲。远远望去，犹如浮游于天际的一个巨大盆景。雪山这份独特的孤傲使人不禁生起敬仰之情，难怪藏人常常拟人化地去认识雪山、瞻仰雪山。过去还曾认为可能是藏人缺乏科学知识的原因，身临其境时才体会到这个民族充满浪漫和遐想的情感品质。有人说，懂得敬仰的人才能获得智慧，宗教如此，人际交流亦如是。但愿在这川藏旅行中，能有更多的感悟。也许藏人并不关心这座雪山具体叫什么，因为连他们也不知道这座雪峰的名字。村里的一位老者认为她就叫万年雪峰。查了资料，这应该就是贡嘎雪山。

　　因为被突然临近的雪山和高原气势所吸引，我几乎无暇顾及身边变幻的旖旎风光，直到视野前下方出现的玉带般的像是随意

摆布的一条大江流过。这就是大渡河。

下午5点半我们到达了下坡的最低点——海拔1330米的泸定县，来到这儿的人们可能都会做的第一件事就是寻找泸定桥。其实泸定桥就位于小城的中心地带，这是一座简单的在13条铁索上铺了些木板的桥梁，两岸固定铁索的巨石至今依然峥嵘。康熙皇帝的题匾和红军的那段故事使这个桥声名显赫，盯着它久望似乎还感受到了当年的厮杀的呐喊和受伤者无奈的呻吟。站在泸定桥上望着波涛汹涌的大渡河，心中依然翻滚着丝丝寒意。在我的心目中，这是一段不愿回顾的历史。在桥的这一端，我们在祈求和平。

独步桥头，继续体会着它无声的故事。1705年，清康熙皇帝因军事及藏汉贸易的需要同意修建泸定桥，题桥名"泸定桥"。泸定桥的结构和造型均具特色，桥身的13根铁链碗口粗，底部作为托架的9根，扶手4根。每根铁链由熟铁锻造的近千节铁环相扣而成，桥身净空101.67米，宽2.9米，桥台为条石砌成，形如碉堡，下设落井，用生铁铸成的地龙桩与卧龙桩锚固铁链。桥亭明清建筑特色凸显，飞檐翘角、造型优雅。亭脊可见清晰的游龙走兽图案，栩栩如生。据说泸定桥自古以来一直是军事要塞和藏汉交流的重要通道，有所谓"东环泸水三千里，西出盐关第一桥"。默念着"大渡桥横铁索寒"的经典历史诗句，体会着伟人当年的豪情壮志。接着，我们走访了"红军飞夺泸定桥纪念馆"，这里重现了当年红军战略转移和飞夺泸定桥的历史经历。体会着这次可能是战争史上非常小的一次战斗对共产党革命的胜利以及共和国的成立的转折性意义。想起了非洲蝴蝶的翅膀和海洋飓风的联系，理解了星星之火可以燎原的壮阔气概。原来，任何伟大的成功和卓著的功勋居然都来源于这些可能微不足道的积累。回头想来，平时多于梦想而乏于行动的作为其实是一种懒惰。

是夜，出于对大渡河的崇敬，翻阅起该河的渊源。大渡河古称沫水，是岷江水系最大的支流，也是长江的二级支流。源头在青海省果洛山东南麓。东部源于阿柯河和麻尔柯河，在阿坝南部汇成足木足河；西部源头在多柯河和色曲河，于坝塘南部汇成绰斯甲河。足木足河与绰斯甲河汇流称大金川，是大渡河主流，大金川流到丹巴和源自东北的小金川汇合后称大渡河。到乐山市草鞋渡纳青衣江后入岷江。大渡河长 1062 千米，

流域呈长条形，为高山峡谷型河流，沿岸地势险峻，水势汹涌，自古有"大渡天险"之说。大渡河的历史中最著名的战争当为两场，一是1863年太平天国翼王石达开的太平军在安顺场的覆没；二是1935年红军在安顺场强渡和飞夺泸定桥。大渡河峡谷为国家级地质公园，峡谷宽17千米，长26千米，最窄处20余米，最深处2675米，比世界第一大峡谷科罗拉多大峡谷还深542米。进入峡谷的大渡河变成一条咆哮的巨龙，河水发出闷雷般轰鸣声奔流远去。两岸悬崖绝壁，人迹罕至，不愧为一部地质和风光的集成巨著。

2010 年 5 月 18 日

泸定到康定

清晨的泸定桥笼罩在淡淡的薄雾中显出一番诗意,在群山叠翠下的大渡河依然毫不疲倦地奔流着。凌晨的泸定桥基本没有行人,桥静静地横卧在大渡河上,似乎还在回忆着近百年前留给她的血腥和辉煌。独自徘徊在微微晃动着的桥上,回首两岸巍峨的山和整齐的现代建筑,还有桥头堡上古老的门廊,突然发现这一切其实非常的和谐,包括既往的战争和今天的和平。

　　7时许，简单的早餐后，我们按照已经形成的习惯出发了。今天大家的心情十分轻松，行程只安排了49千米。目的地是海拔2600米的康定县。既为逐渐适应高原的海拔，也为明天即将攀登的第一座4000米以上的折多山垭口储备体力。我们穿过泸定县城，到了著名的彩虹桥就算是告别泸定了。泸定县位于甘孜藏族自治州东南部，介于邛崃山脉与大雪山脉之间，大渡河由北向南纵贯全境，居住着汉、藏、彝、回、羌、蒙古、苗、纳西等14个民族。泸定县城的历史已有两千多年，地处青藏高原东南边缘的横断山脉，属于四川西部典型的高山峡谷区，山体呈南北走向。4000米以上的山峰林立，其最高峰为与康定县接壤之海拔7556米的贡嘎山，为四川省的最高峰，被誉为"蜀山之王"。

　　泸定是个不大的县城，县城的建筑基本上沿着大渡河南岸分

布。康巴地区很少有摩天大楼，以二三层的民居居多，其建筑风格并没有太明显的民族特点。

今天的路程开始时沿着大渡河上溯，体验着大渡河时而温和时而咆哮的性格。阳光总是直接地晒着，和着大渡河的浪花不停地闪烁着粼粼的光。酷热天气下的上坡显得特别的乏力，开始的连绵25千米的上坡又下坡居然海拔还在1400米左右徘徊。途中有一条岔路是去著名的海螺沟景区，海螺沟以其大型低海拔现代冰川著称于世，是全球距大城市最近也最易进入的现代冰川。据说那儿有个巨型的冰瀑布非常的壮观，还有就是那儿的温泉。我想象着冰天雪地里泡在温泉里的绝妙感受，想象着在那儿遥望贡嘎雪山的虔诚表情，和海螺沟擦肩而过继续前行，只是因为今天的路程和时间的原因。

直到到了下瓦斯村后，连续的上坡开始了。同时这也是我们告别大渡河的时刻，但这并不意味着我们将离开河流，大渡河的一条支流或许称为折多河出现在了路旁。这是一条不宽但是非常汹涌的河流，河水以难以想象的速度奔流着、轰鸣着，似乎有一种摧枯拉朽的气概。她可能流淌了几万年，高歌了几十个世纪，周边的村民们每天都要被动地接受这自然的音乐。我问闲暇的居者对这种声音的感受，回答是习惯了，没感觉了。可能他自出生就在这喧嚣的河岸，这样的声响对他来说只是和空气的存在一样的自然。是啊，河水啊，你或许也想说些什么，但谁听过而又听懂了你的诉说？这或许只是一个单调得几乎无法记忆的歌曲，犹如茶马古道上那些早已消失了的足迹。溯河而上就是我们的目的地康定，但那首幽婉的情歌却似乎根本无法和上这大江豪放的旋律。和弦吗？可能世界就应该如此。

早就听人说过，下瓦斯上去很快就有藏文的六字真言和第一幅摩崖佛像。遗憾的是我们居然在一辆几乎撞扁了的大卡车的上方发现了这幅佛像。上山的路依然险峻，我们行进中，经常是一侧危崖参天，一侧峭壁凌空。更玄乎的是有时我们竟然是从凹入山壁的龛壁中穿过。到达康定时海拔已达到2600米。一路上，克林顿和老朱一直和宗清在一起，因为队友中体力最差的当数宗清，往往被队友们丢得很远。宗清似乎也在为今天的无推行抵达而欲炫耀一番，但看了下陪伴

的队友和早到达两个多小时而且一直等着共进午餐的飞鸿等人一眼后，便无语了。忽然一阵冷风吹来，一阵寒战后才发现气温已由山下的 28 摄氏度降到了 20 摄氏度。这就是高原，我们从夏到秋。

康定号称情歌之乡、锅庄的发祥地。那跑马山是必去的地方。累了一天的我们再次蹬上单车爬了 3 千米的坡，才到了跑马山的门口。广告牌上清晰地写着：跑马山上不跑马，只缘藏名称"帕姆"。跑马山上的吉祥禅院是一个噶举派的寺庙，米拉日巴当年的苦行依然让噶举的后人们为之骄傲。管香火的藏族老阿妈慈祥而又虔诚。我们一位队友要买一块玛尼石，老阿妈以拉萨路途太远不易带为由打消了吉祥天的购买欲，一个商家如此照顾顾客的利益而不是销售，确实难能可贵。这让我们感动了一阵。寺后的白塔边，队友们体验了转佛塔和挂经幡的乐趣，也对藏传佛教着实讨论了一番。

一路走来，高原的气息更浓郁了。植被从低矮变得稀疏，大山以灰褐色的岩石更为峥嵘地挺出了他的胸膛。环视间，群峰林立，万峰插云。空气间似乎还回荡着格萨尔王张扬的脚步声。

康定县城到新都桥

　　康定古时为羌人居住地，三国时期称为打箭炉，1939 年成为西康省省会，新中国成立后成为甘孜藏族自治州所在地。一首《康定情歌》感动了多少中国人，也使康定成了国人心目中向往的地方，让跑马山成了年轻人心中的圣地。因丹达山以东为"康"，取名康定意为康地安定。四川省康定市自然资源丰富，金、银、铅矿产资源丰厚，是大熊猫、云豹、白唇鹿、小熊猫等珍稀野生动

物的栖息地，还有大量珍稀植物资源，水资源及地热资源丰富。作为四川盆地西部山地与青藏高原的交界地区、过渡地带，大雪山中段的海子山、折多山、贡嘎山自北向南纵贯境内，海拔5000米以上的高峰林立，号称"天府第一峰"的贡嘎山海拔7556米，峡谷高差3500米以上，是横断山脉大雪山的主峰，也是四川省第一高峰。贡嘎山由质地坚硬的巨大花岗岩组成，山体陡峭如削，极目远眺宛如一座巨大的金字塔，屹立于群峰之上。康定旅游资源也十分丰富，自打箭炉时期开始便有许多名胜古迹，当时便有天都飞瀑、温泉浴月、双寺云林、仙海澄波、灌顶突泉、雅加银屏、郭达停云、子耳樵歌、四桥雪浪、乐顶梵音等远近闻名的景区；中华人民共和国成立后，又开发出国家级贡嘎山风景区内的木格措风景区、跑马山风景区和塔公草原风景区等著名旅游点。

路至康定，藏文化的印记逐渐浓烈，藏文化中一个独特的礼节是敬献"哈达"。每逢婚丧节庆、迎来送往、拜会尊长、觐见佛像、送别远行时都有献"哈达"的习惯，以表达纯洁、诚心、忠诚、尊敬的礼敬含义。藏民进入寺庙时往往先献一条哈达，然后参拜佛像，离别时还在自己的座位后边放一条哈达，表示人虽离去而心还依然留驻。关于哈达的由来有多种说法。其一认为是汉朝张骞出使西域路过西藏，向当地的部落首领献帛。古代汉族以帛象征纯洁无瑕的友谊，藏人便以此表示友好、祝福的礼节。其二认为是古代西藏法王八思巴会见元世祖忽必烈后带回西藏的，当时帛上有万里长城图案和"吉祥如意"字样；后人又对哈达的由来作了一些宗教方面的解释，说它是仙女身上的飘带，并以它的洁白象征圣洁和至高无上。"哈达"是一种纺得稀疏如网的生丝织品，也有以丝绸为料的。哈达的质料，因经济条件不同

而异，但人们并不计较质料的优劣，只以表达主人良好的祝愿为目的。哈达的长短不一，长者1至2丈，短者3至5尺。藏族人认为白色象征纯洁、吉利，所以，哈达大多为白色。当然，也有五彩哈达，颜色为蓝、白、黄、绿、红。蓝色代表蓝天，白色是白云，绿色是江河，红色是空间护法神，黄色象征大地。高端"哈达"上织有莲花、宝瓶、伞盖、海螺等表示吉祥如意的各种图案，五彩哈达是献给菩萨和近亲时用的，是最珍贵的礼物。佛教教义解释五彩哈达是菩萨的服装。所以，五彩哈达只在特定的情况下才用。献"哈达"的动作也因人而异，一般用双手捧哈达，高举平肩，平伸向前，弯腰献给对方。哈达举至与头顶平表示尊敬、祝福和吉祥如意的祝愿，而对方姿态恭敬双手平接。对尊者、长辈献哈达要双手过顶，身体前倾，哈达应捧到座前，而对平辈或下属，则可将哈达戴在他们的脖子上。

　　藏民族在康定市的人口构成中占重要地位，所以藏文化以及

在其中起核心地位的藏传佛教在康定源远流长。藏传佛教在康定流传了一千多年，佛教信仰已深深扎根于群众并深刻影响着他们的生活。康定也是歌的海洋，"溜溜跑马山，摘朵白云就是歌；滔滔折多河，捧把浪花都是情"。康定不仅是永远画不完的图画，更是一首永远唱不完的歌。

今天的早晨天高气爽，从康定出发后立马便是不断的上坡路。一共 39 千米海拔提升 1800 米。对于我们这支队伍来说，这样的强度还是很少遇到的。而且，今天也是第一次面临高海拔的挑战。15 千米后来到了折多塘村，3300 米的海拔还是丝毫没有影响大家的热情和勇气。接着的考验就真正来临了。3800 米以上时大部分队员体验了高原反应的感受：腰酸腿软，头痛难忍，呼吸不畅。硬撑着边推边骑终于来到了折多山垭口。这个挑战确实严酷，请想象一下在高原缺氧的情况下，前方是看不到尽头的前路的心情吧。

毫无疑问，最艰难的跋涉带来的必然是最快乐的感受。队员们到达折多山垭口的时间尽管差距很大，但是到达后的表情却是基本相同：几乎崩溃的劳累、俯瞰群山的激情，还有远眺贡嘎雪山的感动。属于每个人内心里的胜利使每一个表情都显得那么单纯、每一个笑容都那么美好、每一个问候都那么真诚、每一次握手都变成了真心的祝愿。不论民族、不论国度、不论性别，在折多山垭口上，大家都毫不设防地成了朋友。看着 4298 米的海拔标示牌，我们凝望了许久。

四十多千米的下山你可以想象是一种什么样的感觉。这是对上午艰难上山的一种奖赏。路非常地平整，远远望去犹如一条软软缠绕在山间的绸带。远处的雪山、近处的绿草使下山变成了

一种绝对的享受。我感觉自己像草原上的鹰，在蓝天和白云下翱翔；我感觉自己像白云间辐射出的一束光影，在群山间飘然而过；我觉得自己像一片佛光照耀的落叶，轻轻地降临到一个美丽的山峦。

你可能难以想象这途中的美景。绕过山崖上巨大的康定情歌的字幅，贡嘎雪峰在后方送行，辽阔无垠的高原草甸在前方不停地展开，群山环抱着一泓清泉流过，泉乐之动和岸杨之静勾勒出一个恬静的下午，寥寥的藏房零落在旷野间犹如美丽的花朵，和以高天、远云、阳光，这一切让大家陶醉了。太美了，这几乎是不能用语言和文字表达的美，需要每个人亲自莅临去体会。

新都桥有一个山壁上用巨大的藏文写着"嗡嘛呢叭咪吽"，空气中洋溢着对佛的敬仰。下榻在新都桥镇一个藏族同胞的旅店里，此行第一次住藏居，自然也很觉新奇。

新都桥到阿志玛青年旅社

　　爱好摄影者应该都知道新都桥的魅力，这里地处 318 国道南北的交会处。这里有灿烂而神奇的光线，有辽阔得连着天际的草原，清澈的溪流平静地流淌在格桑花点缀着的路旁，路边披着金装的白杨树屹立着勾画出远山的连绵轮廓，零落在绿色中的棕红藏居被黑色的牦牛和白色的羊群悠走出生动的画面。你若想找到

光和影的绝佳视角，来新都桥吧。海拔 3300 米左右的新都桥有长达 10 千米的"摄影家走廊"，回顾贡嘎雪峰的圣洁，体会春天的呼吸，尽管藏区的春天总是姗姗来迟。新都桥民居特点鲜明，宽敞的白墙和朱漆大门，还有图绘的窗沿似乎一直在诉说着那个经历了几千年的故事。

新都桥周边美丽的风光自然成了昨晚大家回忆的话题。由于高原反应，大家睡得很早也醒得很早，简单的整装后又是迎着日出启程。

今天的日程并不轻松，91千米的旅程和两次爬山。20 千米爬坡后我们来到海拔 4412 米的高尔寺山垭口。垭口上回望一派会当凌绝顶、一览众山小的景象。群山在我们的四周似乎在庆贺着我们的成功，山坡上阳光和白云涂绘着色彩斑斓的图画。我们不禁叹息：在这茫茫高原上，居然还有那么绚

丽的色彩，不同深度的绿装扮了斑斓的山坡、各色的花、多彩的经幡以及藏民们彩色的服装，这一切是如此地和谐，和谐得使我们的出现都显得多余。

过了垭口，道路马上变得狭窄和崎岖。下山路的颠簸使得下山也变得不再轻松。50千米后我们来到了山城雅江。这是一个在悬崖上建设的小镇，美丽而典雅、宁静而安逸。我喜欢这个地方。

至此，当然应该说说雅江这个小城了。雅江位于川西北丘状高原山区，处大雪山中段，西南部是极高山地貌；中部为河谷地貌；东北和西北部为山原地貌。其名源于藏名"亚曲喀"，意为"河口"；后更名雅江，意为雅砻江边。雅江地如其名，淡雅大气，原始森林、高山湖泊构筑一座巨大的天然公园。又由于她康巴腹地、茶马古道的地域优势，成就了"中国香格里拉文化旅游大环线第一县"和"茶马古道第一渡"的美誉。横贯群山的大道便是茶马古道，她在雅江境内跨越了187千米。我们一直沿着这条沉淀着悠远历史的道路前行，似乎也背负了沉沉的回忆和沧桑。一路上飘扬的五色的经幡和静寂的玛尼堆还有偶尔随风绽开的风马纸，给这条路赋予了浓重的佛教意境。

为了行程的原因，我们继续前行。也就是从近2600米的雅江到3600米的阿志玛青年旅社。对于已经跋涉了70余千米的队员来说，17千米的爬坡肯定是令人厌倦的经历，加上路很差、坡又陡，这段路上，大家都体会了极限中挑战的痛苦，这是一种在坚持和放弃之间反复徘徊的选择。选择放弃往往更多占据我们的心绪，对于第一次经过的路而言，漫漫前途有着许多难以确定的难度，谁都不知道距离目标还有几千米，接着的山坡还要攀升多长的距离，前方的山是否就是下山的垭口。如果没有同伴的鼓

励，如果没有坚持到底的承诺，我们很难拒绝那些擦肩而过的汽车中发出的善意的搭车邀请。庆幸的是我们都选择了坚持，因为我们知道，片刻安逸的放弃将会颠覆这一路跋涉的意义和内心的荣誉。

3小时后，千辛万苦的我们终于到达了网上传闻很广的阿志玛青年旅店。这是一家真正的藏族旅店，离城市有几十千米之遥，最近的当数附近的兵站了。周边一幅旷野景色。

进了藏区后，似乎一切都和佛教联系在了一起。这里的人笃信佛教并依此而行事，这里的景辽阔而宁静，时刻都在印证着禅定的韵味，这里的建筑古老而雅致，无论是寺庙还是民居，你都能体会到佛教的影子。我的心似乎也和佛教近了。

2010 年 5 月 21 日

阿志玛青年旅社到理塘

　　阿志玛是一位高大而略显肥胖的中年藏人，他用生硬的汉语问候每一个投宿的客人。住宿简陋而温馨，底楼因旅店扩建几乎变成了木工场，略微摇动的木梯以 60 度的倾角连接着三个楼层，网友们都特别熟悉的那个厕所依然凌空高悬。周边风光秀美而宁静，犹如置身于香格里拉静谧的草甸中。半夜有几阵犬吠，清早才知道那是阿志玛和他的两头藏獒在驱赶几头狼。至此我们才确

认了藏区真的还有狼。

早餐我们初尝了酥油茶的芳香，阿志玛还亲手表演了糌粑的做法。藏人大多很热情，也很真诚。他们遵循着佛教的教导，尽管生活还显得贫穷，但内心安详。

从阿志玛青年旅社出发便是不断的上坡，15 千米后我们登上了 4659 米的剪子弯山垭口。依然是高原凛冽的风，依然是飘扬着的彩色经幡，依然是几个怀揣着虫草的藏民，依然是登上高峰

后疲惫的步伐和喜悦的表情。登上高原后最为赏心悦目的是回首自己走过的旅程和眺望下坡蜿蜒的山径，来路是绵延而难以看到尽头的山道，而起点早已经在视野之外；前程是可以飞起来的潇洒，心情会轻松到极致。你也可以想象，在高原的某一高峰，环视的都是周边的群山，其中许多是雪山和冰川。群山绿色而低矮的植被间隔散落着褐色的灌木群，加上阳光被云彩过滤所形成的特殊的明暗光影使高原的山峰焕发着无比的魅力，远处的雪峰在

阳光的折射下更显得光彩昭然。扶一辆单车，踏在山峰和云彩之间，能不激情满怀？

剪子弯山，藏名叫"惹玛那扎"，垭口海拔 4659 米，垭口上飘扬着五彩经幡，还有藏人们挥手撒出的风马纸。这种方形的五色纸印着马和经文，这应该属于藏传宗教文化的一种仪式，代表着对平安和顺利的祈祷和祝愿。

高原的下坡永远是一曲美妙的旋律，它伴随着心情的节奏吟唱着一首飞翔的歌。视野中满是高原多彩的图画，情感里全是高原辽阔的心情。笔者尽管一生读书数十载，汗颜的是居然还是不能组合自己的母语准确地表述此刻的感受。

20 千米后我们来到了川藏线上

一个著名的驿站——119 道班，因为网络的报道较多，我们很快和吕班长混得挺熟。道班的面条令人记忆深刻，队员们还身披道班的服装装模作样地背起丁镐比画了一番。离开道班已是 1 小时以后，大家在班长的笔记本上留了些笔墨。我也凑了一首打油诗：骑行绝尘处，蓦然现道班，远山绿荫深，藏路云天淡。以聊表心迹。

道班的面条在 7 千米的上坡路后已经几乎被转化为能量，接下来便是难以记住次数的上山和下山。直到码表显示今天的总里程为 62 千米时才看到卡子拉山 4718 米的标志。我们的队伍到达时恰好遇到一队 Jeep 车队和大巴的旅行队伍，不免我们受到了一番赞叹。此时，恰遇几辆载着自行车的小面包车路过，才意识到原来有许多车队已经无法忍受旅途的艰辛搭车而过了。回忆起这些天来，那些老人家车友几乎都已经搭车了或者已经返程了，即使许多 80 后的骑行者也已经上了面包车。我为我们这支队伍感到骄傲，因为我们的自行车从未离开过地面。今天，队长一直陪着走在最后的队员，耐心地鼓励着队伍的前进；体力好的队员依然一马当先；大家互相鼓励，竭尽全力赶路；两位记者朋友一路辛勤工作，连路上的颠簸都没有让他们停下电脑键盘的操作，相机和摄像机不停地记录着路上的风光和场景。

接下来的 35 千米路程是翻越 5 座海拔 4500 ~ 4700 米的无名山峰，说其无名实为不知名而已。但这却是我们全队出行来面临最大挑战的 35 千米。途中我们来到了世界最高镇红龙。红龙，藏名叫淌嘎玛，意为"白色灵鹫栖息过的地方"，汉名叫塔子坝，红龙镇有著名的佛塔和方圆数十千米的辽阔草原。

在最后的 10 千米中，我们每个人都体验了体力消耗极限的

难忘感受。到达最后一个山顶，已是晚上十点多了。下山的 10
千米是由汽车的灯光照着才看得清路面的旅程。夜色中的汽车大
灯和手电的灯光来到了已经安睡了的理塘，这个著名的世界高城
在昏暗的路灯下迎来了 10 位新奇而疲惫的客人。今天我们踏过
了身后 122 千米的天路，谓之天路是因为我们几乎一直在 4000
米海拔以上行走。天高云淡，即便是晚上，星光依然灿烂。尽管
耗尽了我们所有可能用于骑行或走路的力气，我们的心却和苍天
很近。路灯下，码表显示的温度是 6 摄氏度，我们又一次体验了
深秋初冬的感受。

逗留理塘

　　早晨的理塘是一缕阳光唤醒的静谧小镇。7点钟还是一个大家都在熟睡的时间，小镇安逸得能听到来自远远雪山的风的呼唤。这是一个记载中海拔3980米而当地人却固执地认为是4180米的小城。这是世界最高或者可能第二高的小城。高得连上宾馆的楼梯都两腿乏力，高得连屏住气喝水都需要喘气，高得连所有

的队员都异口同声要求在这里休整一天。

当太阳毫不吝啬地把它所有的光都赋予了这个城市的时候，藏居的白色和紫色的对比就显得更为亮丽。充沛的阳光和远处雪山的环绕更使小城变得神秘而高尚。六世达赖喇嘛的诗印在宾馆的墙上，犹如飘扬在理塘的上空的呢喃：洁白的仙鹤，请借我一双翅膀，我不想飞得太远，去理塘转转就回。这时，街上交易虫草的人群的喧嚣和远山洁白的雪山显得非常的不协调。

理塘县位于四川省甘孜藏族自治州的西南部，距州府康定约285千米，县城在高城镇，海拔4014.187米，有世界高城之称。理塘风景秀丽，人杰地灵，七世达赖、十世达赖及第七、八、九

世帕巴拉呼图克图、现任十世即帕巴拉·格列朗杰及蒙古国第三世哲布尊丹巴等高僧大师都出生在理塘，因此被誉为"中华高城、雪域圣地、草原明珠"。理塘的历史光荣而悠久，元初即有李塘城，历经沧桑，风光无限。理塘的气候充分代表了高原气候的特点，那就是气温低、冬季长、日照多、辐射强、风力大、水热同期、蒸发量大、干湿季节分明。县城向北约一千米有一座名为中莫拉卡的低矮的小山，山坡上远远就能看见一个红白交错的建筑群，这便是闻名康区的格鲁派寺庙理塘寺。理塘寺又名长青春科尔寺，1580年由三世达赖索南嘉措开工建成，占地900多平方米，是康区最大的格鲁派寺庙，被誉为"康南佛教圣地"。寺庙依山而建，楼台石阶，错落有致，形势巍峨。寺内珍藏释迦牟尼镀金铜像，佛教经典、三世达赖喇嘛用过的马鞍、明清壁画等珍贵文物，每年的酥油塑花会为"康区一绝"。理塘白塔公园是康南地区唯一的公园，公园以藏族同胞心中至高无上的白塔为主题，主塔高33米，周围由119个2.5米高的小塔环绕形成别具一格的塔林。县境内的格聂神山海拔6204米，位于理塘县西南部，山上为冰碛地貌，终年冰雪覆盖，为四川省第二高峰，是藏传佛教24座神山中的第13座。山中岩石有自然形成的六字真言等佛教经文，是佛教徒心目中的圣地，也是至今仍未被人类征服的6000米以上的山峰之一。

我们寻觅着藏传佛教神秘的踪迹，来到了长青春科尔寺。这是一个由无数白塔围成的让人肃然起敬的寺庙，金顶灿烂、紫围庄严、白墙圣洁。扎西喇嘛热情地给我们介绍了新建的理塘大如来殿（大雄宝殿）和宗喀巴大师殿，我们也新奇地接受了灌顶和金刚结。所谓的灌顶就是用一个黄布包着的经书在每个人头上敲三下。大象觉得被敲醒了什么，吉祥天被敲得前额碰到了桌面，大家被敲得偷偷地笑，还为宗清不规范的礼佛姿势取笑了一番。

穿行在金碧辉煌的殿间廊下、看着喇嘛们认真的修行、聆听着喇嘛们简朴而率直的言谈，感受着佛教的清净和般若。我被这种氛围所吸引，这静静的寺院似乎正在诉说着自1580年以来理塘的沧桑和变幻以及藏人虔诚的膜拜。

出了寺院拐了几个弯就到了七世和十世达赖喇嘛的出生地。这是一栋泥砌的藏房，略显灰暗的泥墙记录着岁月的沧桑。六世达赖仓央嘉措对理塘的怀念难道真使理塘成了他转世的

地点，藏传佛教的转世难道真的就如此的神奇？我凝望着那面凋零的古墙静静地陷入了沉思。

下午的阳光依然是一种强烈的吸引，我们驱车来到了理塘草原。这是一片无际的绿色山坡和成群牦牛生长的地方。零落的几栋藏式建筑覆盖了众多温泉的泉眼。此处温泉的温度很高，据说能煮熟鸡蛋。我们选了一处称为"拥军温泉"的去处痛快地跳入了水池。尽管大家不停地评论温泉的设施是如此的简陋，但没有一个人认为温泉没有给他带来无上的享受。大家觉得这一泓水洗去的不仅是污垢，似乎还把一份世俗也洗得干净。我们再一次在理塘陶醉。

理塘到巴塘

　　啃着昨天买的干粮和矿泉水，告别理塘也是 7 点。天空依然是蓝蓝的，镶着几朵白云。码表上的气温是零度，冬天的感觉。再次来到理塘草原是一份淡淡的清凉。80 千米的路程几乎都在雪山和绿草环绕中起伏，单车的双轮伴着清晨淡淡的草香飞快地转

动。偶尔路过的卡车呼啸着带起一阵灰土，川藏线上来往最多的是蒙着面放着山响音乐的摩托车骑手。不经意间我们已经进入了闻名已久的毛娅草原，笔直的山路在草原的纵深穿行，牦牛乖巧地躲避着路上的车辆，绿草苍茫间天空似乎和陆地连成了一片，我们的心也在这无穷的辽阔间放歌。

攀登的海子山是今天唯一的高峰，经历了今天85千米的行程后海子山4685米的垭口标牌已经清晰可见。四周山峰的积雪仍使垭口呈现着一幅冬季的景象，垭口上正在消融的冰川断层就横卧在我们面前。涓涓细流正从冰层中溢出，不规则地沿着路面流淌或深深地渗入细碎

的石层。一阵纪念性的摄影和录像过后，大家便开始享受川藏线上最长的 100 千米的惬意下坡。

片刻快意的纯重力飞驰立即被映入眼帘的姐妹海子湖吸引得停下了脚步。这是四千多米高原上静静匍匐着的两颗明珠，平静如镜的湖面在中午的日光下反射出湛蓝的光芒。面对她，我们浮躁的心立即变得平静而神往。这是聚集着海子山冰川融化的精灵啊，那些晶莹的晶体化为柔弱的细流汇聚在这里，然后慢慢地溢出形成无数的细流汇成巴河，而后注入汹涌的金沙江。溪流欢快地一直陪伴着我们下山，从恬静到奔流到汹涌再到澎湃。我隐约找到了一路关于水的问题的答案。记得曾提出水和岸何为主客的问题，原来转瞬即逝的自认为具有灵性的水总认为自己主宰着河流，但永远包容着她的却是岸。柔弱之水不断地聚集能产生瞬间

难以估量的力量，这个力量可以毁灭自认为的规则限制，也足可以把自己或别人扔在礁石上摔得粉碎，尤其是在受到约束和压迫的时候。但是，河床却永远是她奔流的定律。水啊，何不保持你从冰川融出时那份清净和淡定呢？冰川的水啊，你从冰成水、从水成溪、从溪成河、从河到江、从江到海或滋润广袤的土地，继而蒸发成云、成雨、成雾，终究重回冰川等待着再次的融化，你是否也在讲述着一个轮回的故事？转念想来，何必呢，我们这个人类的世界。

小溪汇成的河流把我们带到了90千米外海拔2425米的巴塘县城，同时也把我们带回了夏季。28摄氏度的气温把小镇烘烤得

热情洋溢。今天 170 千米的跋涉大家确实也累了，队员们推荐了巴塘最好的宾馆——雪域扎西宾馆。在这里终于可以从容地享受热水澡的待遇。晚餐的川菜辣味和我们在理塘买的特别珍藏的大蒜让我们再出了一身汗，愉快的晚上。

晚上不可懈怠的事当然就是学习巴塘的历史和地理。巴塘古为羌地，汉系白狼国地，唐朝归吐蕃。巴塘县位于甘孜州西部，地处川西高原山区，沙鲁里山脉位于县境东部，横断山脉纵贯全县。北面海拔 6060 米的党吉曾然峰为全县最高点。全县海拔3300 米以上。东北部为山原区，中部和西北部为高山峡谷区，而西南部是金沙江干旱河谷区。今天路过的海子山也在巴塘县境

内，平均海拔 4500 米，最高峰名为果银日则，海拔 5020 米，海子山上共有 1145 个大小海子。其规模密度居全国第一，海子山也是理塘与稻城两县的界山。巴塘境内还有山形奇特的扎金甲博神山，山上怪石林立，可谓千姿百态，其独特的风格即使在多山的高原仍然出类拔萃。

　　"我多想弹起深情的弦子，向你倾诉着不老的情话。"弦子是藏人十分喜爱的一种民间歌舞形式，而巴塘自古以来就被人誉为"弦子的故乡"。这个以藏民族为主的少数民族聚居县，山川秀丽，物华天宝。婀娜多姿的巴塘弦子，更是藏民族文化艺术中的一朵奇葩，也成了巴塘的骄傲。弦子的藏语发音"嘎谐"，意为歌舞。这种艺术形式已有一千多年的历史，可能源自古代的祭祀舞蹈。巴塘弦子的乐器为胡琴，琴手指挥着整个歌舞的节奏，使诗、琴、歌、舞和谐地融会在弦子中。

巴塘到芒康

　　踏上新修的 318 国道，告别汉化程度颇高的雪域江南，继续体验茶马古道的悠远历程。当然，原来的长满荆棘的山径早就被崭新的柏油马路所替代，那种体验也就有了许多现代的心情。10千米的潇洒下坡不仅把巴河带入了金沙江，也给我们展现了金沙江大转弯的美丽景观。金沙江沿岸堆积着许多金色的沙丘，河面

宽阔、水流平缓。这和其他我们所遇到的河流景观截然不同。顺着金沙江的水流，我们在公路上飞奔了20千米就来到了金沙江大桥。尽管大桥守备森严，严禁照相，还需要出示身份证后方能通过，但大桥的正中线赫然竖立的四川和西藏两块界牌确是我们今天记忆的重点。这一瞬间，9点5分，我们正式从四川进入了西藏。

告别了滇藏和川藏两线的交会口，很快我们就顺着金沙江的一条支流上溯。路书上记载的整修路段已经成了平整的柏油路面，不变的是公路两旁陡峭的山崖和路上的落石。这是一条深深的峡谷，只要你来过这里，看过山崖上风化的垒石和新修路面上落石砸出的灰白色的小坑，你就会理解这里的落石绝不是偶然，而是一种常见的现象。山风依然凛冽，这里的山风似乎依然保留着格萨尔王当年横扫千军的力量。尤其是上坡时，风的力量会让你的骑行变得非常的艰难。50

千米后海拔从金沙江大桥的 2300 米提升到 3600 米，路面也变成了砂石路。我们在著名的海通兵站外的河边草地摆开了宏大的野餐架势，饥肠辘辘的弟兄们对生吃大白菜评价极高。先到的队员把最好的牛肉和白菜心留给了后来者，队友们百般的催促也不能动摇行者和宗清细细品味美味大餐的决心。

16 千米的土路爬坡是队友们成行来的第一次体验，到达 4185 米的宗巴拉山垭口已经是 2 个小时以后。部分队员口中崩溃的字样再次

出现，一个队员甚至描述了因实在无力举手而尝到鼻涕咸味的感受，行者到达垭口时张大口呼吸了数分钟后方才慢慢闭合，大象第一个冲上垭口但也没有了往日自夸一番的热情，今后的土路依然很多很长。

　　7千米的下山路自然让队友们恢复了拍照的热情，终点是进藏后的第一个县城——芒康。如同经历的所有藏区小镇一样，这里有整齐排列着的低矮的藏房和几乎同样规格的蓝底店铺招牌，有面孔黝黑用红绳子系着头发的藏民及晚上6点依然明亮如正午的天空和白云。康盛宾馆是芒康县最好的宾馆，晚上8点会有2小时的热水。我们吃完了10斤饺子后迫切地等待着热水的来临。

　　对所有单车人来说，今天最难忘的地标肯定是岗拖金沙江大

桥。这座始建于 1956 年的约 100 米长的大桥平淡无奇，但却意味着川藏的分界河。骑着单车经过她的人无不感慨万千。细细观察桥体乃是柔木梁吊结构，数根粗壮的钢索牵引着桥体高悬于金沙江上，木质悬梁和钢桁承载着桥体的重量。流经桥下的金沙江更是令人难忘，晚间暇时必然温习大江的故事。金沙江早在 2000 多年前的战国时期《禹贡》中称黑水；《山海经》中称绳水；三国时期称为泸水，还有丽水、马湖江、神川等名称。金沙江源于

唐古拉山脉的格拉丹冬雪山北麓，是西藏和四川的界河。在江达县和石渠县交界进入昌都，途经江达、贡觉和芒康等县东部边缘，直至巴塘麦曲河口的金沙汇口处进入云南，在云南丽江折向东并成为长江上游。金沙江在昌都地区段河长587千米，江面海拔自3340米至2296米，落差1044米，河面水流湍急，两岸风光险峻。金沙江河床狭窄，河床呈"V"形，是"高、深、窄、曲、陡"典型的高山深谷型河道。沿河盛产沙金，沙金位于河流底层或低洼地带和石沙混杂在一起，经过反复淘洗才能取得黄金，故称淘金。沙金最初源于山中的矿，当金矿石露出地面并经风吹雨打，岩石风化裂解，金子伴随泥沙顺水而下沉淀在石沙中。宋代因大量淘金人涌入该江淘金而称为金沙江。

金沙江可由德格县的白曲河口和马塘县的玛曲河口分为上、中、下三段，上段为狭宽相间的河谷段，中段为幽深的峡谷段，下段

为峡谷间窄谷段。其主要支流有雅砻江、松麦河、水落河、普渡河、牛栏江、横江等。

金沙江上段从青海省玉树巴塘河口流向东南，入四川省石渠县境，然后在四川与西藏交界处奔流，后折向西南，至白玉县城西北的欧曲口，又折西北，不久又复南流，至藏曲口、热曲口，再径直向南经巴塘、至德钦县东北入云南省境，过松麦河口、奔子栏，至石鼓，为金沙江上段。上段河长约965千米，落差1720米，该段金沙江左岸自北而南有雀儿山、沙鲁里山、中甸大雪山；右岸为达玛拉山、宁静山、芒康山和云岭等。江面大多宽100～200米，狭窄处仅50～100米。右岸以西毗邻澜沧江，再向西行则为怒江，这几条江皆闻名遐迩，江水中沉淀着无数的故事。

金沙江中段从云南丽江石鼓镇到四川的新市镇，长约1220千米，流经川滇两省之间，鬼斧天工地造就了"万里长江第一弯"、虎跳峡等气势宏伟的著名景点。金沙江下段是指从四川新市镇至宜宾市岷江口106千米的河段，过岷江口始称长江。

芒康县城到登巴

　　芒康县是神奇而颇具灵性的土地，境内雪山遍布，山水怡人，原始森林幽深郁盈、民族文化灿烂悠久，千年古刹晚钟悠扬、传统宗教神秘虔诚，锅庄弦子热情传神、雪域依然五彩缤纷。芒康是西藏的东南大门，是"茶马古道"进入西藏的第一站。在这里有古朴而豪放的"古道神韵"，这里有高亢而优美的"歌的海洋"，这里也是"弦子的故乡"；这里是神奇的尼果，岩羊、雪鸡、雉鹑、滇金丝猴的野生动物世界，这里有清澈迷人的

高原莽措湖，这里有红拉山、达梅永峰，这里是地球上独一无二
的盐井盐田，这里有53座宁玛、噶举、萨迦、格鲁教派和西藏
唯一的天主教的千年古刹，这里有朝拜者踏过的累累足迹，这里
有虔诚教义教化下的善良心灵。芒康县由原宁静县和盐井县合并

而来，1960 年称宁静县，1965 年改称为芒康县。芒康县位于青
藏高原东南部，接壤云贵高原，平均海拔 4317 米，境内主要山
脉为南北走向的宁静山脉，山峰有达拉涅峰、达马压山、卡孜西
卡冲山、旺秋占堆山等，主要河流有金沙江、澜沧江及其支流 70

余条；主要湖泊为莽措湖。

芒康是个紫红色的小镇。这是我们进藏后看到的第一个县城的颜色，她的土地是紫红的、岩石是紫红的、喇嘛的袈裟是紫红的、妇女的头饰和裙子是红的、藏民们头发的系绳也是红的。因此，我们的心情也变得更为热烈而激动。这种心情一直伴随着我们今天的骑行过程。

土路很快出现在山坡的路上。这不是普通意义上的砂石路，而是集崎岖、泥泞、颠簸、陡峭、险峻等词语于一体并交替出现的道路。踏上它，我们才真正意识到川藏线的真实面目。自行车

骑行已经觉得提心吊胆，汽车的驾驶当然也就可想而知。现在我们理解了为什么对道路的描述常用好与差来区别，而对川藏线的描述则经常用到"烂"。而路况的烂给高海拔骑行增加了极大的难度。

12千米的攀爬海拔提升了500米，我们到拉乌山垭口。依然是标示着海拔的蓝牌子、依然是随风摇曳的经幡。不同的是下山不久我们就发现了一家符合我们捐助条件的小学——芒康县如美镇卡均村小学。全校学生167人，教学条件和设施都不好，全体队员都觉得在这里捐助很合适。队员们联系了校方的负责人并受到热情的欢迎，也确定了简单的程序。骑行队代表两家企业捐赠了书包、铅笔盒、橡皮、笔记本、篮球、足球、排球等价值近五千元的物品，校方给每个队员献了哈达。全校的孩子把我们的队员围在中间，有个队员起了个头：蓝蓝的天上白云飘……，全部学生都一起唱了起来，一时歌声荡漾在小小的校园里，令人非常感动，许多人流下了眼泪。

拉乌山到澜沧江海拔下降了1700米左右，35

千米的下坡路几乎都是在搓衣板似的道路上行进。在每一个队员的每一个关节都被震得几乎散架的时候，我们看到了汹涌的澜沧江。这是一条一直在陡峭山崖间穿流的激流，水是混浊的黄色，河床两侧几乎都是几十米高的危崖。尽管这是一个难以多得的风光视野，但想起当年筑路修桥的工人和战士，这条河却令人感到非常的狰狞和恐怖。跨过了横跨在澜沧江上的竹卡大桥，读了大桥对侧的两块碑文，就更为当年修筑芒康到邦达这条天路的建设者们感到自豪，谢谢他们的工作让我们今天能够站在这里。

　　过了竹卡大桥就是在澜沧江畔的如美镇。时间关系我们没有停留，而是开始攀登觉巴山。尽管觉巴山海拔只有 3930 米，但从 2640 米的竹卡大桥开始还是需要在 18 千米路程内攀爬 1300多米的高度。所有的路都是维修中的砂石路，路况的差很难用文

字形容。反正每一千米都会有意想不到的"烂"，道路是在澜沧江岸边的悬崖上抠出来的。几乎 80 度的悬崖使我们只能紧靠在山边骑行，尽管这边的山上随时会有落石砸下。随着高度的提升我们看到澜沧江逐渐地变成了细流，这可不是澜沧江变窄了，而是因为我们已经在它上方将近 800 米了。提心吊胆的 3 个小时后我们来到了觉巴山口。途中，我们接纳了一个来自北京的网名西瓜的男孩。他在上山时摔了，手受了伤。我们队里有两个医生，他们看过后认为没有骨折，但一时不

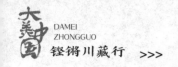

能骑车了，于是他就上了我们的后援车。下山的路依然很烂，14千米后，几近累垮的我们来到了登巴村。网上有人推荐这里的眉山食宿店可以住宿，伴着夜幕的降临我们终于找到了这途中唯一的驿站。

今天最令人震撼的是澜沧江，这是一条亚洲流经国家最多的河流，也是世界第6大河流。全长4900千米，我国境内流长2198千米，跨越青海、西藏和云南，出滇后，流经缅甸、老挝、泰国、柬埔寨、越南后注入太平洋，出国境后称为湄公河。主要支流有昂曲、漾濞江、子曲、威远江、南班河（又称补远江）、西洱河等。流域面积81万平方千米，澜沧江上中游穿行于横断山脉，河流深渊，两岸高山对峙，形成典型的峡谷地貌，上游有大量冰川；中游穿行于高山深谷，水流湍急；下游沿河多河谷平坝。澜沧江上游北面与长江上游通天河毗邻；西部由他念他翁山及怒山作为分水岭与怒江一山相隔；东部与金沙江和红河由宁静山、云岭及无量山作为分水岭隔开。沿岸有著名的高达6740米的梅里雪山等俊美景致，有东方多瑙河的美誉。

登巴到左贡

　　登巴村实际上就是由几栋房子组成的小村落，隶属于芒康县登巴乡，它存在的意义之一估计就是为来往的大货车提供暂停和休整的场所。我们的住所是一个没有洗衣服和洗澡功能的驿站，这让我想起了武侠小说中对驿站的描述。但是，大多数队员认为在这里得到了一个绝美的酣睡的夜晚。

　　吵醒美梦的依然是队长的叫早声，我们整理行装和吃早饭的时间总是很紧。8点不到我们就出发了。今天的任务大家都明白，是从海拔3440米的登巴村开始翻越5008米的东达山。大家似乎已经习惯了每天的行程，于是也没有人再详细地分析今天的难度。依然是土路，依然是崎岖、泥泞、险峻，但少了昨天垂直俯视澜沧江的恐惧，因此大家都觉得路好多了。13千米后我们来到了容许兵站，这是一处整洁而简陋的军队建筑，一个口齿不清的士兵和我们热烈地交谈了许久。接着又是很难用其他词来替代的用自行车的双轮——爬山、爬山。10千米后，今天值班开车的队员找到了一处河水边的空地，一边等队员到达，一边开始了中餐。这几天的中餐令人愉快，愉快的是终于可以休息半个小时了，还有就是队长介绍的北方吃法。该吃法有个说道，几乎就是

生和冷，生的白菜、辣椒、包菜，冷的馒头、大饼。令人称奇的是，每一个队员都认为这绝对是美味佳肴。

餐后还是东达山，这是一座每年只有一个月不下雪的山峰。我们攀登的途中真的就遇到了大雪、冰雹、雨和太阳雨。这个在这里平常得不能再平常的气候现象也使我不愿对此再多加描述。将临山顶时是一大段的泥泞路段，许多的汽车陷在泥泞中难以前进，先到的队员所

做的是帮助路人推车，而我们自己的车子开得绝好，丝毫没有受到损害和故障。

下山的路尽管也很差，但是这毕竟不再需要我们使太大的力，而且周边的风景很美。25千米后我们看到了柏油路，这说明县城快到了。随着柏油路的来临，迎接我们的还有两座类似屏风的山，灰白色的崖，几乎悬立得就像两盆巨型盆景。转过它便是一条清清的河水蜿蜒地伴着公路前行，应该叫玉曲河吧。知道今天的行程即将结束，我们的心情也变得愉快起来，尽管这时天上

又下起了雨。

大家一致认为要住左贡县城最好的饭店——左贡大酒店。但还是公共卫生间，还是不能洗衣服。我们的脏衣服已经等了两天了！幸亏晚餐的鱼的美味使大家忘却了脏衣服的存在。

左贡县北接察雅，东临芒康，南衔察隅，西连、八宿，自古是商贾途经茶马古道进出西藏的必经之地。县境内河流纵横，湖泊星罗，怒江、澜沧江、玉曲河由北向南呈"川"字形纵贯全境。主要山脉有东达山、多拉山、茶瓦珠山、茶瓦多吉志嘎山和梅里雪山，最高峰雀拉山峰，海拔 5434 米，全县平均海拔 3750 米。

2010 年 5 月 27 日

左贡到邦达

晴朗中我们启程，8 点钟。今天不爬山，这对每一个队员来说都是一个好消息。道路也几乎全部是柏油路，说不爬山其实都是一些短坡的起起落落。风光倒是非常的优美，辽阔的草甸、成群的牦牛，还有一直伴随我们到达邦达的玉曲河。草甸是浅绿色和深褐色相互交织成的立体色彩，在蓝天和白云的辉映下显得尤为宽阔和博大，牦牛如黑色的小斑移动着点缀在草甸中让这幅图

画增加了无穷的魅力。玉曲河果如其名，河水如玉，蜿蜒盘曲，河流平静而无瑕，果如一条玉带缠绕在青山白云之间。畅游其间，人间仙境也。

　　到今天，我们累计已经骑行了 11 天（不含休整的一天），踏过了 1200 千米的路途。我们的行程已经过半。这些日子的度过，队长功不可没。他总是主动把车让给想骑车的队友，自己值班开车。他一直在队伍的最后，陪着落单的或体力不支的队友们，尽管他的体能完全可以独立走完全程并总是在队伍的前列。他不断地鼓励和帮助着朋友们，这无疑给弱者以信心。我觉得这是我们这支队伍能够每辆自行车都不离地面的重要原因。在川藏线上，我们看到搭车、改乘公交车或者干脆回头的例子太多了。真正坚

持骑行的其实只是凤毛麟角。是啊，在我们这支完成集体梦想的
队伍中，冠军可能并不重要，甚至可以没有，但缺不了一个热爱
这个集体并真心而无私为之服务和奉献的人。扪心自问，我自己
可能就做不到，而且，我们的队员中可能也没有任何人能比队长
做得好。我真心地向他表示敬佩和感谢。

　　这些天的路途中，多
了许多站在路边或拦着车
子要东西的藏族小孩子。
这些孩子天真无邪，黝黑
的面色下闪动着洁白的眼
睛，这些孩子应该坐在教
室里。但他们现在成群结
队地站在了路旁。开始，
我们给他们分发糖果或零
钱，但很快我们就觉得应
接不暇。我们不禁在想：
孩子们没有任何的错，即
便向行人要些吃的和钱也是童心体现。但是，是谁，为什么让他
们站在了马路的两旁？这个民族的下一代将是怎样的一代？

　　邦达是昌都地区八宿县的辖镇，位于八宿中东部怒江北岸，
东临左贡。318国道和214国道贯境，是川藏线和滇藏线的汇合
处，是通往左贡、芒康、八宿、昌都、拉萨等地的枢纽之地，拥
有世界上海拔最高的邦达机场。

2010 年 5 月 28 日

邦达到八宿县城

六点半，邦达镇的天空灰暗地飘着雪，雪不大但很密集。空气中充满了寒意和不确定的情绪。邦达镇是一个接近三角形的广场街，除此之外也就是 3 千米开外还有一个老的镇址，三角形的角上分别是川藏南线、川藏北线的入口和去八宿的路。三角形的三个边是一些零落的平房和二层楼。我们离开时广场上只有几只据说是属于整个邦达镇的狗在街上游弋，昨晚摇动着转经筒的藏人和做生意的汉人还没有出现。在吃过热腾腾的蛋炒饭和面条之后，我们于 8 点 5 分出发。

业拉山垭口距离邦达镇 13 千米，海拔自邦达

的 4120 米提升到 4658 米。这对于我们的队员来说本来不是件困难的事，但由于刚下完雪，路途上自然就增加了许多的难度。登上白雪皑皑的业拉山口已是一个半小时之后。2 摄氏度的气温使大家感觉到了冬天的来临，匆匆地换上抓绒衣后大家就迅速向山下转移。

下山的路在 3 千米后变成了泥路。很快映入眼帘的是著名的怒江 72 弯。这是一段反复在一面山壁上盘旋而不断下降着的山路，远远望去犹如某位神仙在山崖上认真书写的之字形神秘的天书。他似乎预示着怒江天险的玄机，又似乎诉说着一个茶马古道难于上青天的久远故事。踏上路后实际上其真实的路况却比过去好了许多，这多亏武警交通第四支队对道路的维护和整修。由于路况比想象的好，又遇

下坡，心情开朗了许多。雪山依然在我们的四周，高原的云却犹如一缕轻纱随时遮盖起雪峰神秘的脸庞。云在我们的四周缭绕，于是我们意识到我们正处在云雾之中，与雪峰和云雾一体。开朗的心情又多了许多的兴奋。穿越云雾的我们就如几只搏击长空的鹰，在之字形的山道上盘旋、飘然而下。我们感到很幸运，因为我们真正体验了穿越云层的感觉，这种感觉在雪峰和苍山的拥戴下更加显得神圣而壮观。

一直下山的搓板路或巨石路显然使队员们的双臂都变得麻木，飞奔而下 37 千米直到海拔 2740 米，一条俊秀的大江出现在了我们的面前。这是我们梦中的江啊，她和其他的江水不同的是其取名为怒。这个名字使我多次地想起护法神狰狞的面容，但在面对这条大江时除了领略了她的雄壮和俊美之外，却很难想象她暴怒、凶狠的个性。心中暗念着米字玛，凝视着这条穿越藏地的大江，我在祈祷着这一方土地的安详和宁静。

继续的骑行一直沿着怒江及其支流上溯，我们来到了著名的怒江桥，到了怒江桥，我们才意识到这条汉藏交通枢纽的地位。穿过怒江桥，怒江变得狭窄了许多，而两岸的群山却变得陡峭了

许多，这就是网上所指的落石区，我们在这里快速地穿行，可能是长青春科尔寺喇嘛的金刚结，我们一路都非常的顺利。

今天我们本期望在路旁能找到提供午餐的小店，直到下午两点半我们才意识到这几乎是一件过分奢侈的要求。于是，负责后勤的队员在一个便利店里买了些火腿肠、可乐和橘子水（估计这就是小店可提供的最好商品），和着保障车上原有的面包和包菜等在一条怒江的支流的树荫下摆开了午餐的场面。

我不慎将一块略显沉重的又硬又干的饼块跌落在没有草的碎石地上。立即引来了几只体形硕大的山蚁。由于饼块对于它们过分沉重，它们只能现场饱食一顿。饱食后的山蚁显然记挂着它的同伴，爬开后不久又引来

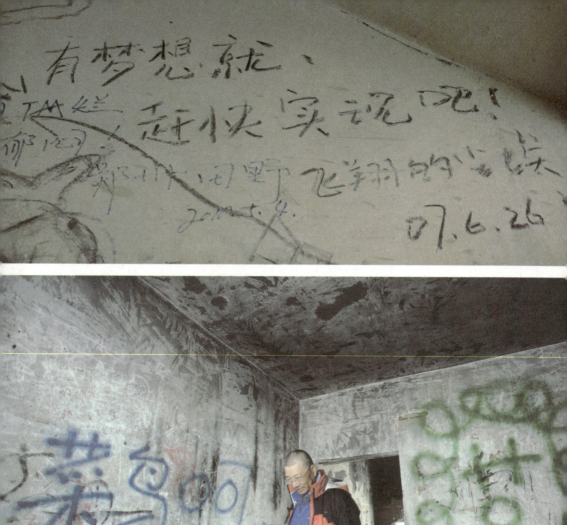

有梦想就、赶快实现吧！
那快田野飞翔的尖峰
07.6.26

荣 007
10.4.29

青春等月
自由旅途

湖南科技大学 刘建
杨真
09.8

做配想 川藏线也不过如此
做的事不一定会 烟还不是照样抽
更轻松,但一定 酒还不是照
会更快乐

了更多的山蚁。我悄悄注视着这个微型部落的集体行动，山蚁们早已将饼块围得水泄不通。渐渐地，饼块完全被山蚁群所覆盖，而更多的山蚁却在继续来临，蚁山形成了。后到的山蚁其实并不知道蚁山下的食物，它们所做的只是在蚁山上不断地向上攀缘。奇怪的现象出现了，下层的山蚁居然懂得拖动上层的蚁腿，上层的山蚁居然知道把下面的山蚁用腿蹬落。我接着想象，如果一只山蚁经过它不懈的努力到达蚁山的最高峰，它能感受到什么呢？除了登高的远眺和冷冷的山风，或许还有片刻的成就感，还能有什么呢？或者也不会给它那么多的时间去感受，可能就会有另一只山蚁正在驱逐着它的地位。蚁类这个简单的群体可能反复演示

着这样的故事。呜呼哀哉，人类啊，你何尝不是如此？永远的逐利、永恒的竞争，难道就没有一种真正平和的生活？

　　下午的行程并不复杂，我们在四点半来到了八宿县城。住进了三江源饭店。恰好遇到了来自路桥的大虫、大熊及椒江的眼镜，同乡相遇，不免聚酒高歌。有队员背着借来的六弦琴装模作样地唱起了《青藏高原》，也有队员脱出一个袖子模拟藏袍高歌一曲《高原红》倒有一副高原风貌，大象也扭出了藏舞，一派祥和景象。

　　晚上的脑海里全是怒江的影子。怒江发源于青海唐古拉山麓，又称潞江，上游称那曲河，藏语称为"卡拉曲"。怒江自西藏、贯四川、经云南、入缅甸，注入印度洋。怒江奔流在青藏高原上，犹如一条奔腾不息的巨龙。仅在八宿境内，怒江在高山峡谷间穿行自海拔3000余米泻到700余米。闻名遐迩的怒江大峡谷位于云南怒江傈僳族自治州境内，全长316千米，两岸山崖海拔3000米以上，水急滩高，有"一滩接一滩，一滩高十丈"的形容，两岸危崖林立，有"水无不怒古，山有欲飞峰""十里不同天，万物在一山"之称，是仅次于雅鲁藏布江大峡谷及科罗拉多大峡谷的世界第三大峡谷。

2010 年 5 月 29 日

八宿县城到然乌

　　"八宿"藏文为"勇士山脚下的村庄",位于三江流域的高山峡谷区域,东北部邦达地带,海拔较高,为高原大陆区;怒江流域延伸到左贡境内为高山峡谷过渡区;其余地带高山环绕,峡谷相间,地形复杂,为高山峡谷区。主要山脉有南北走向的横断山,主要山峰有北部海拔 5971 米的初胆针山、西北部海拔 4700米的拉穷山,南部念青唐古拉山脉东段与横断山脉伯舒拉岭接合部的然乌湖地区。主要河流是怒江及其支流,河道弯曲狭窄,河

谷深切，落差大，水流急。境内海拔落差大，因海拔高度增高和地理特点，依次出现峡谷暖温带、高原温带、高原寒温带垂直气候带。县境内有美丽的邦达草原；冰川、湖泊、草原及原始森林集中呈现的然乌湖；神秘秀丽的多拉神山、呷许岩画和同卡寺等风景名胜。

八宿三江源饭店的后窗可以看到当地最著名的寺庙，寺庙的左上方约 500 米处的山上有一个约 20 米见方的场地用白色的经幡似的白布围着，据说就是天葬台。酒店老板给我们介绍了西藏诸如塔葬、天葬、水葬、土葬等系列的习俗，神秘而可怖。大家用克林顿带的望远镜远远地瞭望了一下那块场地，幸亏离我们很远。7 点 50 分，我们出发去然乌。

一路上的上坡下坡已经不再有描述的兴趣，但有一个现象可能走过川藏线的人都有体会，也就是目测的上下坡可能

都不太准确。在长上坡时，看似下坡的路实际上可能仍然是上坡。而下坡时看似上坡的路却可能还是下坡。这种视觉的误差糊弄了我们许多次，以至于我们都不敢相信自己的眼睛了。

今天的我们一直顺着冷曲河上溯，直到这条温文尔雅的河流变得冷酷、变得浮躁，我们一直追寻着它的源头，从海拔3280米的八宿到4325米的安久拉山垭口。一路上我们从遥望雪山到雪山脚下，再到雪山之巅。安久拉山垭口几乎由冰雪包裹着，有冰川、有雪原，有经幡、有烈风。大家简单庆祝了登峰成功后即向山下出发。依然是一条小河伴随着我们下山。这条小河从涓涓细流逐渐变得宽阔而激昂，同时也把我们带到了悬崖林立的然乌沟、带到了海拔3960米的然乌湖。

一直在苍茫高山间跋涉的我们，面临一泓平静如镜的湖水时确实被惊呆了。这就是然乌湖，一个浸满了清澈雪水的巨大湖泊

静静地躺在群山之间，周边的山峦也静静地守候在这神湖周围。这一切太宁静了，似乎时间都已经停泊在她的岸边。这一切太冷峻了，以至于山上的雪和冰川一直静静地保持着洁白的尊严。这洁白和清澈，这宁静与安详，似乎也在不断地诠释着佛教的定义。这份清澈与宁静，可以消弭所有奔聚而来的咆哮溪流，可以融化周围群山的千年冰封，可以主宰这一方领地的所有生灵，也可以轻轻溢出便成为奔腾的帕隆藏布江。我们融入了这种清澈和宁静中，良久良久。

然乌湖在八宿县的西南角，距离县城白马镇约90千米，面积约22平方千米，湖面海拔3850米。其可能是由于山体滑坡或泥石流堵塞河道而形成的堰塞湖。这不禁使我们想起令我们这代人都难以忘怀的5·12大地震。我难以将眼前的胜境和地震那惨烈的呼号声关联在一起，但这恰恰可能就是一种因果。

由于然乌地形狭长而成盆形，配之温泉水汽氤氲，远望犹如盛着热水的槽，若配以金秋田野山坡的金黄，"铜槽"的形象惟妙惟肖。"然乌"这个地名就形成了。然乌湖西南是岗日嘎布雪山，南有阿扎贡拉冰川，东北方向则是伯舒拉岭。四周雪山的冰雪融水构成了然乌湖主要的水源，并使湖水向西倾泻形成雅鲁藏布江的重要支流帕隆藏布的源头。然乌湖水的美还在于她的静和蓝，然乌湖四周是五彩斑斓的——草地、森林、秋叶以及白色的水禽和岸边漫步的牦牛和羊群、多彩的卵石，还有清澈如镜的水面。

然乌湖北面有著名的拉古冰川，冰川延伸到湖边。然乌湖周围高山危耸峻峭，众多海拔5000米以上的高峰皆有冰川发育；而山下近湖坡地则长满了青翠苍劲的松柏等针叶林丛，在这群山

绿影环抱之中的然乌湖显得格外静谧而妩媚，它那明镜般的湖面倒映着四围的雪峰、翠林和那蓝天白云，景色异常迷人；再加上湖畔绿茵般的草滩上成群的牛羊以及一块块生长着青稞、豌豆、油菜等作物的农田点缀其间，构成了一幅既有青藏高原独特的壮丽风貌，又有藏区田园牧歌般风韵的风情画卷。当你沿着湖边公路巡视畅游时，你就会充分领略到这里的风采，并让你有种回归自然的感觉，心旷神怡至极。

然乌到波密

昨天一整夜几乎都沉浸在然乌湖秀美的风景中，以至于梦中都是湖光山色，都是冰峰雪山的倒影；以至于早晨 7 点半才勉强从梦中走出；以至于细雨的清晨大家还依依眷恋着平安宾馆停车场后面的雪山和湖泊。

然乌湖依然包容和接纳着来自周围雪峰消融的冰水，依然流溢着帕隆藏布江奔流的河水，依然洋溢着有容乃大的安详和平

静。无论是昨晚的晴朗还是今晨的蒙蒙细雨，然乌湖依然保持着它的那份矜持和神秘，依然是那幅不可临摹的图画。

我们尝试着陪伴帕隆藏布江的形成和成长，自从它在然乌湖溢出而形成后便一直不停地奔流。似乎因它的出现，渐渐地便在她的两岸繁衍出许多绿色的树木，这些树木渐渐地又形成了森林。我们循着它的足迹，试图追寻它的精灵奔流的足迹，从然乌到中坝，从中坝到松宗，从松宗到波密，从一条两丈宽的小河到几十米宽的滔滔大江。一路上，时晴时雨，经历过几次太阳雨的我们，便如甘霖洗刷过一般，我们觉得自己的灵魂升华了。在这同时，周边的群山似乎已被无际的森林所覆盖，我们的周围是深浅不同的绿色，这绿色中，流淌着浅绿色的河水，依然唱着那首

重复了几千年的歌。历练过这一
过程的队友们确实也多了几分诗
意。万里给他朋友回的短信中说：
这是一条骑车人梦想的路，是一
条充满艰辛的路，一条挑战自我
的路，也是一条充满异域风情的
路。大象又加了一句：更是一条
洗涤灵魂的路。是啊，在这苍茫
群山间，在这巍峨巨崖边，在这
澎湃激流旁，在这寥廓云天下，
在这一切一切的图画中，你的心
灵还有什么可以保留的浊垢？

波密县城和其他的县城一
样，只有一条街。汉、藏、回等
民族安居在这狭长的小镇里。背
靠着雪山，头枕着帕隆藏布，广
场的大屏幕上显示着波密桃花的
彩图，男女老少围着跳一种不知
名的舞蹈，一片安详。

波密县位于西藏东南部，念
青唐古拉山东段和喜马拉雅山东
端，帕隆藏布江北岸，县城在扎
木镇，海拔2700米，距拉萨636
千米；最高峰为明朴不登山，海
拔6118米；波密的海洋型冰川

众多，如卡钦、则普、若果、古乡等均属海洋型冰川，其中卡钦冰川长 35 千米，面积 172 平方千米，冰舌延伸进入森林，其低点下达海拔 2500 米处，景象十分巍峨壮观。河流有帕隆藏布河谷和易贡藏布河谷，支流数十条；拥有卡青、木如草复、罪玛、日母、关星、洛腮、公汤、曲玛尔矿勒、杂接着等十大名山。湖泊有易贡湖、古湖等冰碛湖 80 余个，其中易贡湖名列藏东 50 多个淡水湖之首。

2010 年 5 月 31 日

波密到鲁朗

　　走出干警招待所，无奈地看着灰暗的天空霏霏的雨，强咽下没有葱的花卷和土豆馅的包子，踌躇着到九点才出发。可能是因为森林的诱惑，也可能是因为波密小城的安逸。

　　其实一旦上路，还是被路上的风光所深深地吸引。今天的路程一路起伏，总体是从 2725 米的波密下到 2030 米的通麦。一路

上，森林越来越茂密，空气的湿度越来越高，明显地感觉到氧气的浓度也是越来越高。渐渐地，我们似乎忘却了仍在高原上骑行。这里的山、水、雨云和低低的天空，越来越像江南的家乡，除了偶尔出现的大面积的草甸、牦牛和激流汹涌的帕隆藏布江。通麦的午后像极了江南的雨季，飞鸿第一个到达并在路边的饭馆美美地品尝了一碗面。饭店老板说了一个迅速改变我们行程的信息：今晚有暴雨，排龙天险能否通行情况难料。于是，下午 2 点半我们决定用一个下午完成原计划明天的行程。

　　过了通麦拐了个弯，映入眼帘的是横跨在洪水般汹涌的帕隆藏布江上的通麦大桥，这是一座纯粹木头制作的桥，走在上面能明显地感受到来自江水的剧烈震撼。走上这座桥，也就意味着进入了排龙天险，说是天险确实并不过分，这段路可以定义为川藏线最难走的一段路。路的宽度几乎就是一辆卡车的轮距，道路泥泞不堪，车辙轧过就是 50 厘米的沟槽，道路落差很大，有些地方几乎是以 40 度的角度从山崖上斜行划过。这条路是从几乎垂直的悬崖上硬挖

出来的，经常遇到的情况是，头上是摇摇欲坠的岩石，一侧是硬硬的岩壁，而相对的一侧是距离江水 50 米到 100 米的悬崖以及呼啸的波涛声。过这段路确实是一次体力和胆略上的考验，尤其是在不停的雨中。

过了天险，又是 50 千米的登山，我们到达了川藏线上的一个小镇——鲁朗。依然是在雨中，已是晚上 9 点钟了。

鲁朗距林芝地区首府八一镇只有 80 千米左右的路途，该地最令人向往的景致当数鲁朗林海，这是几乎无际的灌木、云杉、松树等组成的大片大片森林，林海郁郁葱葱，层层叠叠，衬映出高耸入云的南迦巴瓦峰的皑皑白雪的纯洁和高尚。而鲁朗石锅鸡是比林海毫不逊色的知名品牌，石锅是由整块石头掏空而成，鸡则是当地家养的土鸡，用雪山溪水配以人参、藏贝母、百合、枸杞等药材慢慢地炖，当然就造就了这一美味佳肴。

2010 年 6 月 1 日

鲁朗到八一

　　鲁朗石锅鸡的余香和 160 千米艰难跋涉的困顿一直弥漫在昨天疲惫的夜晚。清晨 8 点雨依然下着，灰蒙蒙的天色笼罩着这个本该阳光明媚的小镇。也是一番踌躇、一番犹豫（这好像已经成为艰难困顿后的第二个清晨出发前的一种仪式），也是异口同声的出发口令，队伍便朝着色季拉山走了。似乎也是冥冥中的

　　天意要给这支疲乏的队伍一个好心情，海拔提升300米后，雨停了。阳光偶尔避开云层晒到大地，大多数的时间是最适合骑行的阴天。

　　雨后的路上云很低，远远的云犹如一些巨大而飘荡的哈达披挂在雨洗后更加翠绿的山腰；近近的云犹如在我们的额前飘过，带来几丝清凉的山风；我们真正意识到了我们的穿云而过，我们也真实地体验了一回雄鹰掠过云朵的感觉。我们从海拔3285米向4385米的色季拉山攀缘，这24千米的艰难绝不亚于以往任何一座高峰的攀登。这已经是川藏线上最后的两座4000米以上的山峰之一了，十几座高峰下来，我们获得了几乎一致的体会：海拔3800米前基本上是艰难的爬坡过程，这时根本无法欣赏路边的风光，盘旋上山的路是最折磨人意志的东西，而且一般山腰上也没有太多我们期望的令人惊喜的风光；接近4000米时你就可以俯视群山了，这时候的山基本和你所在的山峰高度相当，山峰上的积雪、冰川、草甸也变得随处可见，高峰的垭口依稀就在前方，高山的鹰时而会在你的头顶盘旋，垭口的风会突如其来地吹拂上你的脸庞，即将登顶的喜悦和会当凌绝顶的豪迈会同时抵消你疲惫的踏频。这样的喜悦和到达拉萨可能是同样的感觉。你即将成功了，留给你的就是在高原缺氧的情况下最后怡然的冲刺。今天中午，我们又一次地体会了这样的经历。色季拉山口依然是经幡飘扬的玛尼堆和一个宽绰的草场，不同的是垭口上下浓浓的雾（应该是云）笼罩着我们的视野。我们知道已经无缘看到南迦巴瓦峰的神山英姿时，确实感到了一丝遗憾。不过，一辆大客车上下来的众多上海游客对我们的惊奇和嘉许所带来的大量的合影过程使我们在峰顶的时间过得很快。

下山的路是平整崭新的柏油路，飘然而下的惬意再次回报了我们爬坡的艰辛。几个急弯过后，一个美丽到极致的春天山间田

园画面出现了。这种美好又一次使我的笔变得呆滞而无能。这是一个以绿色山野为基调，成片黄色油菜花和浅蓝色藏居房顶镶嵌着的广袤田园，透明闪亮的尼洋河悠闲地流畅在这田园山间，蓝天和白云不失时机地配合着这美丽的场景，大自然在不经意间构筑了一幅立体的绝伦的无上画卷。我们瞬间被征服了，大家不约而同地停下了脚步，凝视着这大自然赋予我们的美丽，我们再一次体会了西藏的神秘和美好，这就是林芝镇。

林芝镇过后一路上下坡，我们到达了林芝地区的八一镇。这是一个整洁、漂亮、安静的城市，同时也是我们经过的最接近汉地建筑的城市。队长做了一个全队都认同的评价：距拉萨越近，离藏文化越远。可能也是比较准确的。维持着传统藏文化生活的藏民大多数依然居住在乡野，那种纯正的传统藏文化能够适应以及植根于现代都市生活吗？城市里喧嚣而逐利的生活是否会改变或者洗去藏民们安逸而宁静的生活方式？这样的文明确实是藏民以及他们的群体所需要的吗？可能，田园的村居中那种念经、游牧、耕耘、朝拜简单重复的生活……

八一镇是林芝地区首府，海拔2900米，美丽的尼洋河静静地流淌在美丽的城市周围，再向前流淌30余千米便融入著名的雅鲁藏布江。八一距拉萨420千米，原名"拉日嘎"，周边的著名景点有"夏瀑冬冰"、措木及日湖、巨柏林等。

林芝9点天黑，因此我们有机会去看了世界柏树王园林。那一面山坡上长满了千年以上的古柏。最大的一棵据说有2600年的历史，树干我们十人也难以合抱。古木参天、绿叶成荫、遍山古迹，激发出一种对历史的敬仰。

今天是六一，一路上的美景使队员们童心勃发。

2010 年 6 月 2 日

八一到工布江达

　　从八一镇出发，是在一个晴朗的早晨。这些天来，我们已经习惯了背负着朝阳出发，头顶着烈日奋发，面向着落日停泊。这个习惯陪着我们度过了 20 余个日出日落、陪着我们走过了川藏线。今天出发前，我们掰了一下手指，突然意识到我们已经离拉萨很近了。400 余千米，3 天的日程。大家的心情也突然变得很复杂。虽为即将成功完成我们预定的计划而高兴，但更多的却是接近拉萨也是结束旅行的莫名的失落感。有个队员感叹了一声：圣洁的拉萨啊，请离我远一点，这样就能让我在西藏的天空下多逗留几天。这确实代表了我们的心情。

　　尽管这种依依不舍的感觉油然而生而且真切地影响着我们，旅途还是继续向前。今天的路130千米，海拔提升近400米，一直是缓上坡。路的两边还是连绵不断的山坡，山峰上的积雪明显少了，气候也变得温暖。尤其是路边盛开的油菜花更让我们感受到春天的气息。著名的尼洋河水一直伴着我们，我们也在尼洋河温驯的性格中上溯。尼洋河是一路上我们见过的最清澈的河流，几乎透明的河水欢快地流淌着，偶尔溅起几朵浪花，由于落差的原因，她一直缓缓地向下流着，就像一首抒情的歌曲。沿途植被极好，柳树（可能是柳树，因为它的叶子特别像）、胡杨、白杨、松树、柏树还有许多不知名的树木和灌木等，犹如沿路展开的硕大的植物园。许多树木根粗叶茂，有些树干苍老得裂痕累累，参照昨天看的2600年的柏树，有些沿路的树木也应该有1000年以上了。神树啊，你目睹了藏区那么多年的沧桑巨变，不知作何感慨。一度时间，我的眼前也浮现出新泽西州的花园大道，也是绿树成荫，也是蓝天白云，但美国的道路却永远不可能有这样的远

古树木，也没有这样的历史沧桑。我深深地为祖国的悠久历史而骄傲。

八一到工布江达之间的藏区建筑有了很大的变化，以蓝色为主的彩色房顶在绿色的森林中显得特别醒目。这里是门巴族居住的区域，不知是名称的特点还是偶然，这里的藏居对门确实花了很多的心思。他们在门框上做了厚重而华丽的突出木雕，门上也有许多漂亮的花纹。这样的装饰在窗户上也体现得淋漓尽致。

几乎从然乌湖以来，我们除了在路上会遇到牦牛和山羊以外，还碰到了许多在路上逍遥散步的小猪和藏马，狗当然就更不在话下。我们曾看到它们黄昏时悠然踱步归家，倒反而牦牛需要狗的护送。在这里，人类和这些动物都能公平地享受着大自然的美景，应该也算是一种和谐吧。

悠闲的骑行过程中，不禁又总结起自行车运动的好处来。确实，单车给我们带来艰难和难以名状的疲乏，但也带给我们许多

的快乐。上坡时，我们会真正理解一千米等于一千米的意义，因为车轮丈量的每一寸土地都有汗水的代价，而下坡时却能感受一泻千里的飞翔快感。这因和果的报应来得如此之快似乎和佛教的说法相互呼应。单车让我们离开了汽车封闭的外壳，让我们和大自然贴得很近，在川藏线上，我们觉得我们真像画中的一种移动着的色彩成分，完全地融入了天地之中。单车还让我们懂得了什么叫克服、什么叫坚持、什么叫目的地，也让我们学会了运用意志在艰难中快乐。单车教会了我们更加珍惜环境的美好，我们开始厌倦了汽车的尾气和人类不停对自然的污染，也意识到不该把矿泉水瓶和塑料包装袋随意地丢在路旁。单车教会了我们一种哲学，那就是尊重你所面临的一切才是尊重你自己。

工布江达是一个典型的藏区县城，普遍不高的藏式建筑伴随着318国道展开，还有静静的尼洋河悄悄地在小镇中间流过。环顾四周都是秀美而峻峭的山峰，它们有些顶上还有雪。在渐渐暗下的天色中，我目睹着它们。它们也在静静地，静静地目睹着这座小城入睡。

工布江达到松多

　　听说工布江达建县前就叫果林卡。果林卡宾馆是一个典型的藏族风格的旅馆，大堂墙壁上的唐卡、房顶上的藏式绘画、空间一角摆放的藏式沙发，外墙上的窗饰和门饰无不散发出藏居的色彩。但实际住的房间就没有任何特色了，标准得全国一致，就是所有的家具都显得十分陈旧。但陈旧的条件丝毫没有影响到我们酣熟的睡眠，以至于 8 点钟我们才从群山环绕中的小镇的细雨中醒来。

　　今天的行程基本上是为明天的米拉山攀登做准备，从海拔

3330米的工布江达到4170米的松多。一路上，高山的植被显得渐渐稀疏，山上风化的岩石很多呈瓦砾状，巨大的岩石裸露在强烈的阳光下显得更为峥嵘。山体上的植被主要是一种低矮的灌木和类似苔藓样的厚厚的近褐色绒状的附着物，在一些山体滑坡区可以看到完整的植被断面。在这里，山体滑坡和雨季的泥石流经常发生，你只要看过这里的山体构造和地形，就能够理解这些自然灾害发生的理由。路依然沿着尼洋河上溯，因落差的增大河流也显得急促，但河水依然澄清。路旁的植被仍然丰富，柳树和杨树仍是主要的植物。路上，我们遇到两批沿路磕头去拉萨的人，都是举家出动。他们两手戴上类似木拖鞋样的木块，前胸戴着类似皮围裙样的东西，男女老少每走几步就五体投地地拜一次，队伍的前面是一辆木板车，估计就是全家的生活用品。我们并不知道他们一路上究竟走了多远，也不知道他们是否能够到达拉萨。回想起川藏线的某一天遇见的两个徒步去拉萨的中年藏族妇女，她们也以同样的热情和虔诚对待她们的信仰。这种信仰是如此坚定、如此强烈、如此震撼，这些行为在外人看来似乎迂腐甚至愚昧，但看着她们坚定的步伐和毫不犹豫的伏地动作，又隐约感受到她们的幸福感。这种幸福是发自内心的皈依，是不可替代的需要。而我们的信仰呢？是否也该选择、也该依附、也该坚定不移、也该矢志不渝？

到达松多镇，藏人的虔诚依然历历在目。打开10元一个床铺的房间的窗，居然发现后面就是苍苍的山，依然是很少的植被，依然是风化的瓦砾，依然是飘扬的经幡。

旅馆不提供洗浴和厕所。网上了解到松多镇有一眼温泉，我们找到了一位慈祥的藏族老人家和他的充满酥油味和堆满取暖用

的碎木的蜗居。他日夜看护着泉眼已经 3 年，看着泉水溢出又流走，直到今天草原上已是一条类似浅浅小河的污水沟。温泉浴令人愉快而轻松，老人家收费每人 5 元，人数自己报，这一点地球人都知道。这就是老人家简朴而悠闲的生活吗？看着老人家一脸的坦然，我读懂了他的幸福。

回旅馆的途中，突降冰雹。乍一看，以为是雨，密集而突然。因为车顶上的强烈的噼啪声和飞溅开的小冰块我们才明确了下的到底是什么。这也带给我们一份冬天的清醒。

2010 年 6 月 4 日

松多到拉萨

从睡袋里被闹钟唤醒时月亮还在天空高悬，6 点钟。今天即便是没有闹钟，我们的队员估计也能早起。因为今天将翻越川藏线最高的米拉山并预计将到达拉萨。

早餐的蛋炒饭和紫菜汤散发着两种不同的情绪，热烈的是终点诱惑出的激情，淡然的是梦想遗留的距离。

米拉山其实并不高，从 4170 米的松多到 5013 米的米拉山一共 28 千米。这和我们翻越的其他山口相比确实算是轻松。我们踏

着昨晚冰雹淋湿的路，望着远远云雾笼罩着的山峰，开始出发。

我们背着初升的太阳，披着 2 摄氏度的晨雾，跑出了比乍被惊醒的藏狗更快的速度。渐渐地，尼洋河变成了一泓微细的山泉。在艰辛中，看到了米拉山口的飘扬经幡。这时已是 9 点了。又是一番游客的赞叹，又是一番登临的激动，下山，朝着拉萨。

一路下坡，怡然又轻松，路过了墨竹工卡县，未及细看便通过了。8 千米后是松赞干布出生地，豪华的山门让人望而却步。山风中似乎也飘忽着藏王当年的风采。继续下坡，伴着一份直面布达拉宫的激动。山变得更加荒芜，有些就全然没有了绿色的装饰。广告牌多了起来，路旁的树木茂密得更多了人工的痕迹。米拉山的雪峰融成了拉萨河，河水依然清澈。车辆多了，路边的店铺和摊点多了，我们意识到城市到了。

拉萨是很规整的城市，我们迅速体会到了布达拉宫的宏伟壮观和人民武装的强大力量。

拉萨，我们的目的地。到了拉萨，却茫然若失。是的，我们只是一群过客，或许，是一群只属于川藏线的匆匆过客。当成一次旅游吧，在昨天、今天和明天。

2010 年 6 月 5 日

结　语

　　从旅行者到旅游者的转换只是一步之遥。昨天的艰辛跋涉似乎显得已经遥远，转瞬即来的便是旅游车加导游以及严格的时间限制和走马观花式的游览过程。

　　165 元的门票似乎已经诠释了今天的度日性质，布达拉宫大门口集合、拍照，远远地看见布达拉宫外的白塔和高高的远山。

其后我们的步履是布达拉宫漫长的石阶和越过红色铜环的大门。布达拉宫白色的行政区和红色的宗教区界线清晰，走过白色宫殿区的阴暗的走廊和豪华的厅堂，隐约感受到当年震撼全藏的威严和武断。在这块高高的山上，松赞干布当年的吐蕃盛世曾被焚为灰烬，遗留下的两个宫殿迄今仍闪烁着当年的奢华和威仪。五世达赖重建的宫墙至今已经陈旧，当年政教合一的威风也已经成为过去。至今只是留下了威仪而陈旧的外形和久远的回忆。红宫里一直洋溢着藏传佛教的厚重和沉静，历代达赖的法身静静地躺在豪华而高大的灵塔内，仰视着这些记录着藏传佛教经历的白色的镶满宝石和宝物的灵塔，我确实不知道这些历史准备告诉我些什么。除了体验到在这里黄金并不贵重之外，我们充满了对高僧大德的崇敬和对仓央嘉措的遗憾。

流转过的回忆历程在布达拉宫的侧门糊里糊涂地走出而结

束。也就从佛教和政教合一的古老故事中回到了现实的、不能再遐想的商业社会。藏医们推荐七十二味珍珠丸的竭尽全力的声音和城外超市里叫卖牦牛肉等系列食品的亲切而虚假的声音交相呼应，使人不得不竭力地尽快离开。

逃离了商品经济的那一份虚假，来到了大昭寺火热的门口。无数的身躯无休止地倒优在光滑闪亮的石地和泥地上，留下的虔诚和膜拜不知近在身下的溜光的土地还有遥远俯视的佛陀能否真正记得。寺内远古的柱木上零落的牙齿和走廊隔墙内臃肿的经卷让人觉察到历史的厚重和信仰的坚定力量，寺院正门顶上的金光闪闪的祥麟法轮和胜利幢以及数不清的壁画和唐卡记录着它在藏传佛教中的地位和显赫。释迦牟尼 12 岁等身像威镇寺中，让人想起了文成公主当年在藏地踏过的轻柔的步伐。宗教和政治，政治和宗教，依存而统一。

大昭寺外的转经道早已成了拉萨最著名的贸易市场，品种繁多，真假不一，雅俗共赏，光怪陆离，古今混杂，人流涌动。繁荣得和大昭寺内的清静古朴大相径庭，若非亲眼所见，绝不会认为仅是一墙内外。拉萨，无论把你描述得多么的圣洁，你毕竟是一座城市，一座和世界其他都市相同或相似的城市。

靠拉萨越近，距离想象中的圣城越远。